AF607455

PEQUEÑA HISTORIA UNIVERSAL DEL MUNDO

Dalmau Costa Villegas

Aliarediciones

Corrección: Inés González Calo
Diseño de cubierta: Pablo Arellano
Maquetación: Aliar Ediciones

Depósito Legal: GR 84-2026
ISBN: 979-13-88058-52-3

Impreso en España

Edita
ALIAR Ediciones
www.aliarediciones.es
info@aliarediciones.es

PEQUEÑA HISTORIA UNIVERSAL DEL MUNDO

Dalmau Costa Villegas

A mis padres, por la vida.
A mis amigos, por ser familia en tierra ajena.
A mis hermanos, por ser luz en tempestad.
A Isabel y a Mari, por su ayuda siempre.
A Jess, por ser ancla
y ser también brújula.

Nota del autor

Todas las ficciones, en mayor o menor medida, son estrategias para hablar de uno mismo. Las historias contenidas en este libro, y escritas a lo largo de unos cinco años, pueden leerse como conjunto o por separado.

Quienes lo lean advertirán que hay una delgada línea que las une a todas en un mismo universo. Esa línea, sin embargo, no es fija —como los caminos de la vida nunca lo son— y es más bien experimental. Cierta noción de crisis universal, vital, emocional y existencial, está presente en todos los textos.

Son tiempos difíciles para el libro y la lectura. Abundan muchas pantallas y demasiados estímulos para prestar atención al papel en blanco y negro. Por eso creo que la mejor forma de escribir es dando a quien se acerque a estas imaginaciones la posibilidad de encontrar una forma de libertad que adopta, a ratos, una forma de juego. Quizás, en años venideros, este formato sea el precursor de la *novela moderna*. No hay manera de saberlo.

Concretamente, he dividido el libro en cinco partes. En la primera se habla, mayormente, de vivencias relacionadas con hospitales. *Las flores ardientes* relata un mal viaje de psicodélicos. *Lo que no entendemos...* es un relato que podría ser real o no, dependiendo de cómo se lea. En *Las carmelinas descalzas* hablo de una obra de teatro que nunca existió ni existirá.

En la segunda parte se relatan algunas imaginaciones que surgieron a partir de ciertas experiencias. *Un mercenario literario* narra el encuentro entre un escritor joven y uno experimentado. Es el reflejo de un espejo en el tiempo. *Un matrimonio japonés* expone los peligros relacionales del tedio y de darle sentido a palabras y acciones que no lo tienen. Una planta, concretamente un baobab, funciona como símbolo de una salvación. Es el poder que muchas veces tiene la ficción en nuestras vidas. *Los dioses del fútbol* es, quizás, el relato más esotérico de todos. A imagen y semejanza de lo que creían los griegos, los dioses controlan el destino de un equipo de fútbol de segunda división.

En la tercera parte se aborda el tema del pensamiento mágico. *Pandora* es una exploración de las atrocidades que puede producir el aislamiento. *El brujo maya* juega con la división, nunca clara y siempre occidental, del tiempo. El personaje de esa historia transita por portales que ningún mortal puede atravesar. *El país de los muertos* es un cuento político y *El despertar del elefante* una fotografía social.

En la cuarta parte, todo es apocalíptico. *La ciudad de Abaddon* es el estampado preciso de una sociedad en decadencia. *La academia Carter* habla de mi presente y del conductismo desde la perspectiva de un testimonio científico. *El innombrable* y *La bestia indefensa* son quizás mis intentos más descabellados por imaginar hipérboles grotescas sobre cosas imposibles de concebir.

Finalmente, en la última parte, hay dos historias que bien podrían ser leídas como monólogos interiores de personajes imaginarios, una noción poco desarrollada en nuestra lengua.

D.C.V.

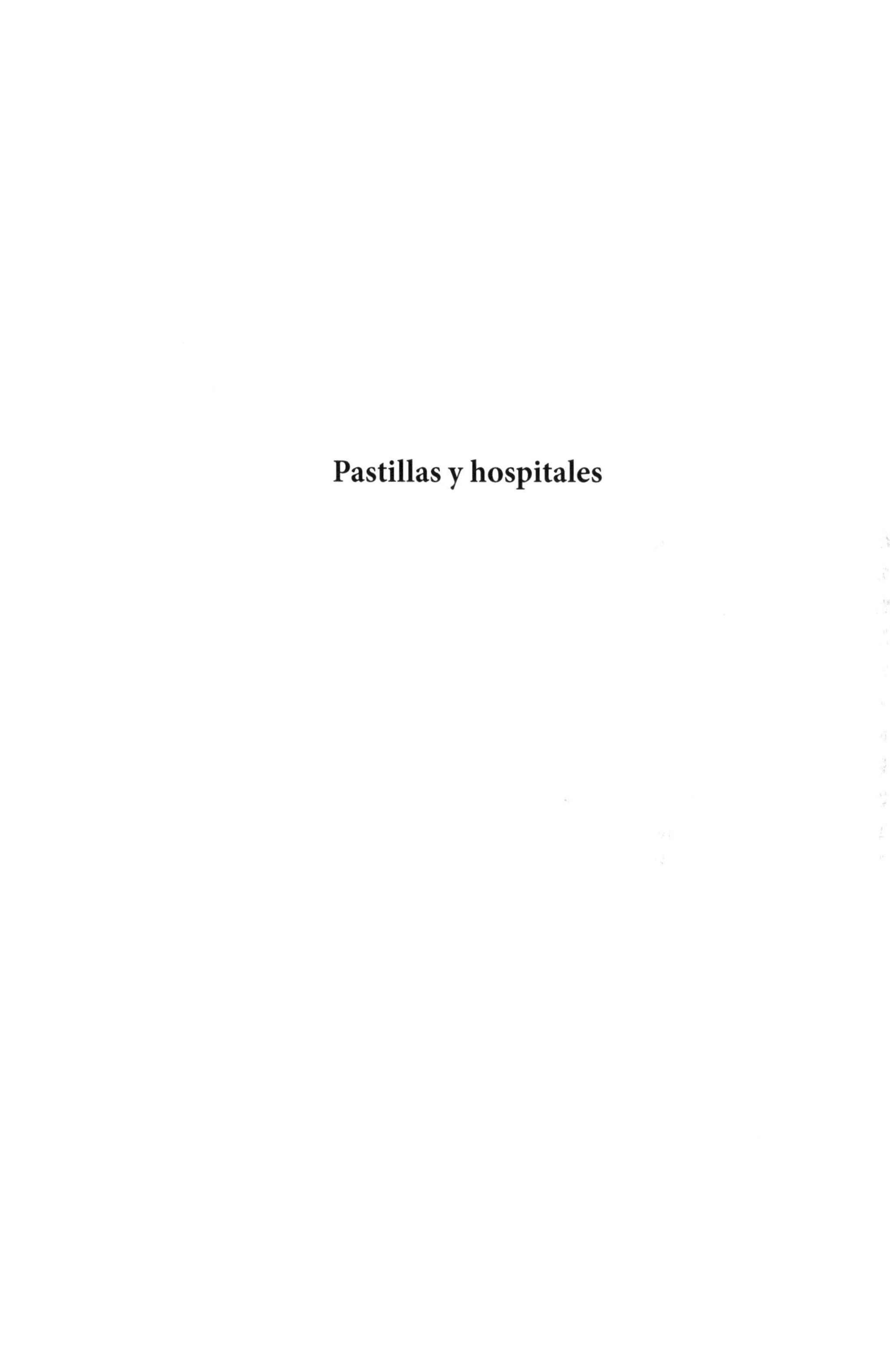

Pastillas y hospitales

Las flores ardientes

Para Manu y Alba

Era temprano cuando sonó el timbre y apareció un señor para entregarnos un paquete. No podíamos salir al exterior, estábamos confinados, había una pandemia mundial. Las cosas que pedíamos llegaban a la puerta:

—Ya las tenemos. Hay que guardarlas —dijo Han tan pronto recibió el paquete.

—Sí, tío, ¡qué emoción! —respondió Megan.

Después de eso, Han salió del piso. Nosotros nos quedamos esperando a que volviera. Cuando regresó, nos preguntó si estábamos listos. Le contestamos, unánimes y envalentonados, que sí, que estábamos más listos que nunca.

***

Los muebles, la mesa, la silla, la lámpara de papel con *geishas*, el pequeño baobab, todo permanece inalterable. Mientras me muevo, escucho a alguien decir: «Lo ha conseguido, el hijo de puta lo ha conseguido».

Porque sí, con lo poco que puedo moverme lo he conseguido. Las imágenes y los objetos se distorsionan para formar historias que adquieren su propia lógica. Unas monedas brillantes, elefantes que caminan, hojas de árboles japoneses. Empieza a sonar una música al fondo. Todo a mi alrededor se fragmenta y se dispersa. Se acumula, se mueve. Como un conjunto de historias hiladas por una temática impredecible.

Pasan los minutos y las horas. Pasa también el tiempo. Lo que imagino y lo que siento se vuelve más real. Las historias adquieren matices. Algunas son trágicas, otras cómicas, otras tristes, otras están envueltas en una furia brutal. Hay unas que representan el fracaso, otras que representan la distancia: los símbolos milenarios. Todas tienen distinta naturaleza. Me avergüenzo y me enorgullezco de lo que soy, de lo que escribo. Me siento temerario, altivo, humilde. Sé perfectamente cómo soy, aunque me desconozca. Todo el mundo está en la palma de mi mano y al mismo tiempo tengo todo el miedo del mundo. Soy vulnerable. Reconozco las huellas que aún permanecen bajo la sombra de mis pasos.

Al poco tiempo, intento levantarme. Me tambaleo como un hechicero borracho. El suelo parece inclinado. Me abruma la necesidad de moverme. Pero lo hago. Mi fuerza y mi voluntad son absolutas. Mi sangre es de hierro. Puedo con cualquier cosa. Doy un par de pasos, llego hasta la mesa para alcanzar un paquete de tabaco. Hago pinzas con mis dedos para meter las hebras dentro del papel. Lo doblo, le doy un lengüetazo antes encenderlo con el mechero. A lo lejos, como un canto de victoria romano, escucho una voz que dice: «Lo ha conseguido, el hijo de puta lo ha conseguido».

***

Veo los colores y los objetos. Las imágenes que aparecen frente a mí son sorprendentes. Se construyen como historias que tienen una lógica propia. Las hojas de los árboles son elefantes que se levantan, que andan, que construyen una historia improbable. Pronto se convierten en patrones que encuentran su propio cauce. Mis pensamientos son dispersos: van de un lugar a otro, tan fugaces como rápidos, tan certeros y enigmáticos como inalcanzables. El mundo se puede moldear en dos caminos: el de la razón y el de la locura. Dejo de ser y me convierto en alguien más: en un mercenario literario, en un escritor eterno, en un motivo japonés, en un muerto, en un director de teatro, en un elefante que se levanta de su letargo.

Me pongo de pie, veo la hora y me pregunto kafkianamente: «¿Cuándo dejaré de ocultarme detrás de todas estas máscaras?». Escucho voces que me dicen que *todo va a estar bien*. Que no me preocupe. Pero inevitablemente me preocupo porque: ¿cuándo va a terminar todo este embrollo?

He descendido a estos abismos y me he encontrado con las babas del diablo en el suelo. Con la risa que al mismo tiempo es llanto, con la tragedia del teatro. Esta es la ilusión de seguir andando, hacia cualquier sitio, como una peonza, quizás sin motivos: «Pero aquí estoy —me digo envalentonado— jugándome la vida. Aceptando lo que viene, batiéndome como un valiente. Codo a codo con la muerte».

***

Quiero ver y sentir todo, como si todo estuviera cerca de mí, como si en realidad eso fuera posible. Siento el universo. Sus colores, sus objetos, sus historias. Luego aparecen las preguntas ¿Cómo dibujar una línea entre lo que pasa y lo que imaginamos que pasa? ¿Cómo estar seguros de que no somos una historia que nos contamos a nosotros mismos? Preguntas que son protagonistas de mis pensamientos: «Esa música no, por favor», digo o pienso.

Y de pronto una voz a lo lejos me dice: «Mira a la ventana». Como si fuera un eco, otra voz repite: «Mira a la ventana».

Intento, intentan, más bien, calmarme. Me tranquiliza el espacio que hay afuera, los árboles gigantes. Que todo sea orgánico, verde, con vida. Con esta sensación de mareo me levanto para ir al baño. Me pongo de rodillas frente al váter, como si rezara. Intento vomitar todo lo que he comido. Miro al espejo, que unas veces es una ventana y otras solo un espejo. Mis pupilas están dilatadas. El agua del retrete es verdosa. Emergen del agua unas burbujas.

Regreso al salón y miro la hora. Me pregunto internamente: «¿Cuándo va a pasar todo esto?». Me pregunto también si pasará. Me dirijo a la cocina y bebo algo para calmar mi ansiedad. Pronto empiezan las revelaciones misteriosas. Alguien toma mi mano y me dice: «Este es el camino, tranquilo, todo va a estar bien».

Me siento Dante guiado por los círculos del infierno.

***

«La realidad no existe fuera de nosotros», dice Han, que va y viene por el salón, sin un rumbo ni objetivo fijo.

Reflexiona, hace filosofía, se para a pensar, comienza a mover los brazos, como bailando, como dirigiendo una obra de teatro. Megan, desde el sillón, observa el infinito detrás de sus enormes lentes. Sentada, con las mantas encima de ella, escupe al suelo. Le digo que no haga eso, que el suelo es de todos. Traigo un bote para que contenga sus babas verdes.

«No mola nada lo que haces», dice Megan. Después su risa lo rompe todo. Soy un pequeño dictador de los mundos que me invento. Necesito algo estable, un centro, un ancla, *algo*. Al menos la ilusión de tener las cosas bajo control. La realidad se fragmenta en pequeñas escenas. La música, al fondo, suena: «Esa música no, por favor», digo.

Siento cómo una ola nos envuelve de nuevo y nos lleva a un lugar indeterminado. En ese lugar, en ese extraño vacío, me hablan las multitudes que me habitan, el lado oscuro de los mundos que no fueron: «Debiste haber hecho...», una voz me habla de los caminos que no tomamos. Encuentro, también, la extraña sensatez de ubicarme en un aquí y en un ahora indecibles. Nuevas preguntas emergen, como las burbujas del váter: «¿Cómo he llegado hasta aquí? ¿Qué consecución de eventos me hizo llegar a este preciso lugar en el que mi realidad se ha fragmentado y todo es tan efímero y fugaz como el aire que hay afuera?».

De pronto todo es negro. Han me ve a los ojos y me dice: «Ya está, ¿no?». Y pienso que me quiere golpear. Pero en realidad se refiere a que hay que frenar el viaje. Y yo le digo, sin sangrar y sin violencia, que sí, que ya está.

***

Transitamos a la cocina para tomar algo. Bebemos tónica de limón y comemos un bocadillo. Todo para encontrar una especie de calma en el caos. Escucho a Megan decir: «No sean tan analíticos, qué bajona». Su reclamo es como una alucinación, como un balde de agua fría.

Pronto es de noche y todo termina. Se siente una tranquilidad pasmosa en el ambiente. A pesar de esto, yo sigo alterado. Llamo a un amigo por teléfono: «Estoy preocupado —le digo, le cuento—. Han pasado muchas horas desde que...».

Me dice que me tranquilice, todos me dicen que me tranquilice. Su voz al otro lado del teléfono es un oasis en mitad de la tormenta. Evidentemente no estoy para no hacerle caso, su preocupación se vuelve mi preocupación. «Todo va a estar bien —escucho al otro lado del teléfono—. Mira a la ventana».

***

Abandonado a mi suerte, cuelgo. Me recuesto sobre la cama, cierro los ojos: intento que mis sueños remplacen esta pesadilla que vivo. Siento cómo mis pensamientos no tienen freno. Empiezo en un lugar y termino en otro. En la pared hay fantasmas que me hablan del silencio de otras vidas. El suelo se mueve como arena movediza. Me levanto, voy al baño, me preocupo. Miro al espejo y veo mis pupilas dilatadas, mis ojos rojos. El agua del retrete es verdosa. Las burbujas que emergen, también. Necesito dormir.

Miro la hora y calculo cuántas horas han pasado. Me preocupa demasiado el tiempo, que yo siga viendo y escuchando cosas: ¿cómo saber que a partir de ahora esto no es mi realidad? ¿Qué distingue esto del café de las mañanas?

Miro de nuevo la hora y calculo: «Esto no es normal», pienso. Aun así, intento calmarme, leer cosas que me hagan sentir mejor: «El organismo puede tardar varios días en recuperarse completamente. Cada organismo procesa las sustancias de manera distinta. La alteración perceptiva puede llegar a durar hasta dieciocho horas».

En las otras habitaciones, Megan y Han duermen plácidamente, se recomponen. Después de unos largos minutos, logro por fin conciliar el sueño.

***

Lo primero que hago al despertar es ir al baño. Constato que mis ojos y mis ideas sean normales. No están dilatados. Las burbujas siguen verdes. Decido meterme a la ducha. Mi cabeza se siente como un bombo. Decido que lo mejor es salir a dar una vuelta. Me visto rápidamente, en silencio, para no despertar a nadie. Abro la puerta y bajo las escaleras, salgo al mundo. Camino, a veces rápido, otras lento. Intento respirar, no hacer caso a las cosas que ocurren en mi cabeza: «Pasará —me digo—. Pasará el tiempo y este infierno personal».

Me lo repito falsamente.

Me lo repito tenazmente.

Todo esto hace que pueda seguir de pie, buscando una tranquilidad en donde no la hay.

Me siento en uno de los bancos, miro el pasto que crece alrededor de los juegos para niños. Me encuentro observando mi entorno, pensando en cómo empezó todo esto. Recuerdo que estaba hambriento y que un tipo llegó al piso con un paquete. Pero ahora he perdido la noción del tiempo. Podrían haber pasado dos horas o cinco meses. Observo los juegos para niños e imagino una felicidad improbable.

Quiero, de pronto, volver a ese recuerdo de cuando reía sin prejuicios y no había tanto dolor en las palabras.

***

Mi caminata empieza a ser imperceptiblemente rápida, certera, como si supiera el lugar al que me dirijo. Las flores de mi alrededor son de fuego. Me preocupo, el tiempo me preocupa. Cuando llego al piso, lo primero que hago es entrar en la habitación de Han. Le digo que no estoy bien, que quiero ir al hospital. Han se pone las gafas, Megan se incorpora con una de las mantas que tiene alrededor de su cuerpo desnudo. Los dos me dicen: «Vale».

Han se rasca la cabeza, se pasa la mano por la frente sudada.

«Ir al hospital va a ser complicado», comenta finalmente. Contesto que lo sé, pero no me importa. Megan también se incorpora. Mira a todos lados, sorprendida de lo que está pasando. Se acomoda sus gafas: «Lo primero que tienes que hacer es llamar», me dicen conjuntamente. Y yo llamo. Cuento, con las palabras masticadas, lo que pasó, lo que está pasando: que veo flores de fuego y elefantes que se despiertan en las hojas de unos árboles.

Han y Megan me acompañan a la entrada del hospital. Me recibe un señor con una bata blanca. El señor de bata blanca me hace unas preguntas. Me pide que rellene un formulario con incisos del tipo: Nombre, Apellidos, Teléfono de contacto, Alergias, Pasado Médico. Yo lo relleno mientras el señor me dice que «un momento» y que «la doctora Tal» me atenderá pronto. Espero pacientemente a que la doctora Tal me atienda. Me llevan a una salita de estar. Hay otra gente esperando, una máquina, que parece no funcionar, expende comida.

Un señor va y viene por toda la sala, borracho, caminando a trompicones, dando gritos en portugués, pidiendo las medicinas a alguna de las enfermeras que hay ahí. Sus alaridos son como los de un perro. Hay, entre cada grito y cada balbuceo, un canturreo extraño. A veces sale como si fuera el llanto de un desesperado. Otras, como si fuera la risa hundida en la locura. Otras, como si fuera la rabia de su frustración. «Es mi reflejo en el tiempo», pienso fatalmente, trágicamente.

***

Mi nombre de pronto es anunciado. Me dicen que pase al despacho de la doctora Tal. Ella, detrás de un escritorio, apuntando cosas en su ordenador antiguo, me hace una serie de preguntas. Intento, como puedo, darle toda la información que me pide antes de contarle lo que pasó. Que mi mundo, de la noche a la mañana, se convirtió en un infierno. Que no me reconozco. Que las flores son de fuego. Me mira con una tranquilidad pasmosa mientras teclea la información pertinente. Siento un sudor frío sobre mi frente, con uno de mis brazos me limpio.

La doctora Tal es extranjera. Su acento es ucraniano. La observo. Me imagino cómo será su vida. Si estará casada, si tendrá hijos. Tiene un carácter afable: me interrumpe para hacerme un par de preguntas. Me dice que me va a dar unas pastillas xxxxx. Le digo que sí, que está bien, que gracias.

Después me llevan otra vez a la salita de espera. El señor sigue gritando, pidiendo a voces sus medicamentos. Una enfermera se acerca para intentar razonar con él. Le dice que ya se los han dado, que no puede estar viniendo al hospital con tanta frecuencia. La misma enfermera que lo tranquiliza me pregunta si ya me dieron mis pastillas. Le digo que sí. Me pregunta, también, si ya me dieron de comer. Le digo que no, me dice que espere: «Un momento», dice.

Los hospitales son lugares en donde hay que esperar *muchos momentos*. Finalmente, llega la enfermera con una bandeja de comida: «Buen provecho», me desea. Le contesto que «Gracias».

Empiezo a devorar lo que me han traído, como si no hubiera un mañana, como si viniera de un viaje muy largo y doloroso. No es mucha comida, pero sí la suficiente para tener la ilusión de que es la mejor comida del mundo.

Lo que no entendemos las personas normales

Entre la pared y la cómoda para dormir, en el suelo, estaba una bolsa con motivos florales y coloridos, llena de pastillas: unas blancas, las otras, de color naranja, más pequeñitas, todas envueltas en sus respectivos paquetes de aluminio. Los paquetes, algunos, estaban completamente usados. No había forma de saber a ciencia cierta cuántas pastillas había tomado. Ni siquiera si se las había tomado por algún motivo específico. Todo lo demás parecía desordenado por un torbellino.

La ropa sucia, arrugada y desordenada, estaba por todo el suelo. Unas hojas de un pequeño baobab estaban marchitándose sobre la mesa de noche. Al lado había, también, muchos productos para el pelo. Varias maletas estaban en la puerta. Como esperando a que alguien se fuera pronto. O como si alguien acabara de llegar. Todo lo ocupaba el desastre.

La ventana de la habitación daba a un balconcito pequeño en donde había una mesa blanca, de plástico, y un tendedero sin ropa. Un tapete para baño, rugoso y desgastado, colgaba de los barrotes del balcón. Parecía que se secaba. El ruido era insoportable. Unos taladros no dejaban de sonar continuamente y, debajo, en la calle, el barullo era continuo. Había unas oficinas de una compañía de seguros japonesa. Desde el balcón se podía ver a gente saliendo y entrando, laborando en todos los pisos, haciendo toda clase de papeleos y tareas inútiles.

***

Este era el escenario al que llegaron los mozos de escuadra, que primero se habían confundido de piso y que después tocaban a la puerta, intranquilos, en el piso continuo, en el séptimo-segundo, y no en el séptimo-cuarto.

Con sus posturas autoritarias, con sus uniformes azules, se acomodaron por todas partes, como guardianes de pie, preguntándome si yo... Pero yo no sabía nada, yo solo había llamado al 112 porque Carolina, la chica del piso, la chica ficticia de esta historia, me dijo que no se podía mover, que sentía todo el cuerpo entumido. Entonces, solo entonces, pidió ayuda y me llamó para decirme justamente eso: que no se podía mover y que necesitaba ayuda.

Luego vino la ambulancia, llena de médicos. Vestían de un amarillo distinguible. Empezaron a hacerle todo tipo de preguntas, a medirle los signos vitales con aparatos médicos.

—¿Cuántas pastillas te tomaste?

—Diez.

—Son muchas, necesitamos llevarte al hospital.

—Me siento bien, ¿no me puedo quedar?

Necesitaban su consentimiento, que un: «Sí, quiero ir al hospital», aunque fuera deslizado y mal articulado, torpe, saliera de su boca.

Le hicieron más preguntas. Intentaron hablarle tierna, familiarmente. Pero ella se rehusaba a decir una palabra. Le pasaron un móvil para que hablara con una enfermera y le explicara que el organismo podía tardar varios días en recuperarse completamente y que cada organismo procesaba las sustancias de manera distinta y que la alteración perceptiva no sé qué no sé cuánto.

Mientras esto pasaba, afuera de la habitación uno de los mozos me hacía preguntas y me pedía mis identificaciones. Les conté lo que sabía: «No sé nada —dije—. Por eso llamé a emergencias». Carolina, un poco tambaleante, pequeñita ella, con mucho esfuerzo y todavía en pijama, se levantó. Estaba poco convencida de querer andar. Seguramente pensaba que la situación no era para tanto. Con un tono de voz débil dijo: «Está bien, vamos».

Antes de tomar el ascensor, me acerqué para hablar con ella y preguntarle cómo estaba. En voz baja, mientras nadie la veía, me dijo que no quería que fuera, que me odiaba para siempre. Me aparté. No podía ayudarla si me rechazaba. Uno de los mozos, el que parecía más experimentado, me dijo que colaborara, que cargara su chaqueta de mezclilla, por favor.

Ya en la ambulancia insistí en estar cerca de ella, pero me dijeron que mejor me fuera al frente, como copiloto. La parte de atrás solo estaba destinada para médicos y pacientes, no para acompañantes.

***

El conductor de la ambulancia intentó conversar conmigo. Pero yo pensaba en otras cosas. En cómo una cosa puede llegar a terminar en un embrollo como este. En que toda tragedia ocurre y ocurrirá siempre por cosas que se van acumulando, imperceptiblemente, hasta explotar. Pensar que algo puede ser aislado de su totalidad es ingenuo.

Llegamos a un hospital que estaba cerca del mar, que se llamaba, oportunamente, Hospital del Mar. Yo seguí a uno de los médicos. Tuve que hacer todo el papeleo para que Carolina, la chica de esta historia, la protagonista, pudiera ingresar a urgencias. Una mujer de pelo negro y corto nos pidió todos los datos: Carmen, veintiséis años, estudiante de máster, colombiana. Firmé una hoja que no supe bien qué decía, pero que me acreditaba oficialmente como «acompañante». En ese carné anexaron los documentos de identidad de Carolina, perdón, de Carmen.

A ella, a Carmen, la sentaron en una silla de ruedas. Fuimos, no sé cómo, a parar durante un tiempo a un lugar lleno de camillas. Parecía un purgatorio para pacientes que, aunque no tenían acreditación, se sabía que eran pacientes, y por eso no necesitaban traer con ellos un carné que los avalara oficialmente.

En ese sitio extraño había unos enfermeros que vestían de blanco. Hablaban de un viejo que se había aparecido en urgencias recitando a voces versos de un poeta portugués. Su conversación, que parecía trivial, significó un alivio. Nosotros esperábamos a ver lo que pasaba con Carmen y también lo que pasaba conmigo. Nos llevaron por un pasillo hasta una puerta en la que decía «PSIQUIATRÍA». Así, en grande, con mayúsculas. Me mandaron a la sala de espera, en donde había un montón de gente.

***

No pasó mucho tiempo antes de que metiera un par de monedas a las máquinas de comida. Compré un bocadillo y una tónica de limón. Me senté en una de las sillas. Un médico no muy viejo interrumpió mi almuerzo para pedirme información. Se la di y le pregunté por Carmen. Me dijo que él no estaba ahí para eso, que no sabía, que él solo venía a recoger los datos. Después de que se fuera, vi que un señor moreno, seguramente del sur, quiso comprar comida en la máquina. Tuve que enseñarle cómo y en dónde había que meter las monedas.

Me cambié de lugar a una de las sillas que estaban pegadas a la pared. Quise dormir, descansar mi mente. Pero cuando estaba conciliando el sueño entró una chica alterada, agitando los brazos por doquier. Hablaba por teléfono. Llevaba el pelo corto, rapado de los lados. Tenía la piel de los brazos tapizada de tatuajes. Grandes arracadas colgaban de sus orejas y de su labio inferior. Me llamó la atención que fuera la única persona de la sala que estuviera conmocionada. En su universo desconocido, en su mundo que era ajeno al mío, había también pasado algo.

Intenté poner atención a la conversación que estaba teniendo: no iba poder ir al pueblo este fin de semana, no esperaba que pasara lo que pasó. Me sentí identificado con su alteración. Nadie nunca está preparado para las cosas que de pronto ocurren en el mundo. Las cosas, sean trágicas o no, simplemente ocurren, y uno tiene que actuar, tomarlas como van, esperar lo mejor de cada situación. Ella, temblando, casi al borde del llanto o de la desesperación, también quiso comprar comida en la máquina.

—Para comprar hay que pulsar este botón.

—Tío, esta máquina es imposible, ¿no?

—Sí.

—Gracias.

—De nada.

Después se sentó en una silla al fondo de la sala. Sacó un libro titulado *Pequeña historia del mundo*. Intentó leer unas páginas. Volteé un par de veces más hacia donde estaba, nuestros ojos coincidieron. En el fondo, nos volvimos cómplices de todo.

Mientras tanto, los doctores del hospital iban y venían anunciando nombres, uno tras otro: la señora tal, el señor tal, ahora puede pasar, ya podemos atenderlo. Una señora mayor en silla de ruedas y con un respirador artificial se quejaba todo el tiempo. No la habían atendido todavía. Llevaba ahí una eternidad esperando y no la habían llamado todavía. Ella preguntaba, una y otra vez, si ya podían verla, porque llevaba ya una eternidad esperando.

Pasaron cerca de cuatro horas hasta que una doctora de lentes muy grandes anunció: «El acompañante de Carolina».

Ese era yo, el acompañante de Carolina.

***

Carolina estaba sentada a las afueras del despacho de la doctora. Me vio y me dijo —me repitió, más bien— que no quería estar conmigo, que me fuera, que me odiaba para siempre. Me senté al lado suyo. Le pregunté cómo estaba.

La doctora Lentotes nos dijo que esperáramos unos minutos antes de pasar. El tiempo parecía expandirse. Después entramos en un cuarto que estaba ocupado por un escritorio grande y una computadora antigua. Detrás del escritorio, la doctora me explicaba lo que había pasado.

Carolina tiene ataques de pánico, es ansiosa.

Carmen, en situaciones de estrés, tiene pensamientos irracionales.

Carla, en estos episodios, puede resultar impulsiva.

Le dije que entendía, pero que no sabía qué hacer, que estaba muy nervioso por lo que había pasado. Ella, la doctora, sonreía y hacía como si me escuchara. Parecía como si hubiera practicado esa cara antes del acto, como si para graduarse de la carrera de medicina le hubieran dicho: «Cuando tratas con pacientes, es importante que, pase lo que pase, pongas una cara plácida, de tranquilidad, de comprensión absoluta, que diga que todo va a estar bien, a pesar de que todo se esté cayendo a pedazos».

Esa era la cara que ponía la doctora. Carolina o Carmen o Carla, en cambio, miraba hacia el suelo.

No levantaba la cara.

Se le veía cansada, triste, arrepentida.

***

«Esta es una receta para las pastillas que tiene que tomar», dijo la doctora. Salimos de la consulta. Le dije a Carmen que fuéramos despacio, que acababa de salir. Ella insistió en que no quería verme. No podía andar muy bien. Insistí en fuéramos juntos. Pero me dijo que no, que la dejara en paz. Así que tomamos rumbos diferentes. Tenía miedo de que algo le pasara en el camino.

Fui el primero en llegar al piso. Pensé que ella ya estaría ahí cuando llegara. Me lie un cigarrillo e intenté calmarme. Ella llegó unos veinte minutos después. Inmediatamente entró en la habitación. Se sentó al borde de la cama y abrió el cajón de la mesa de noche. Empezó a sacar unas pastillas blancas, grandes, y otras naranjas, pequeñitas, de la bolsa colorida. Me abalancé sobre ella. Le saqué todas las pastillas de la boca como pude.

—¿Estás loca? —le dije—. ¿Cómo es posible que después de estar toda la mañana en el hospital quieras meterte más pastillas?

Me empezaba a alterar. Mis manos temblaban.

—Si quiero hacerme daño, no necesito las pastillas —contestó.

***

En el cajón de la mesa de noche, Carolina guardaba una bolsa de plástico transparente con diferentes objetos para maquillarse. Abrió el cajón y sacó la bolsa. Revolvió todas las cosas que había dentro. Pronto se la arrebaté con fuerza; todos los objetos maquilladores cayeron al suelo. No sabía qué hacer. Tenía, sin darme cuenta, mis dos manos ocupadas por dos bolsas diferentes: la bolsa de las pastillas y la bolsa del maquillaje.

Carmen volvió a abrir la mesa de noche y encontró lo que había estado buscando desde un principio: algo, cualquier cosa, para hacerse daño. Sostuvo unas tijeras largas, peligrosas, mortales. Salió de la habitación hacia el salón y buscó desesperadamente encerrarse en el baño. Puse mi pie en la puerta. Ella se rindió y salió corriendo, otra vez, hacia la habitación.

***

Más que unas tijeras, se le veía empuñando un arma, casi como si fuera un cuchillo. En cualquier momento se lo metería en el estómago. Lo que era peor: en cualquier momento me lo metería en el estómago. No había testigos. Pensé en nuestros compañeros de piso japoneses: ¿qué pensarían de todo esto?

Ellos, encerrados en su habitación, seguramente escuchaban todo el caos.

Mis manos temblaban. Tomé el móvil y llamé a una de sus amigas para decirle que Carolina o Carmen o Carla, el personaje de esta historia que quiero pensar *es* ficticio, tenía unas tijeras en la mano y en cualquier momento podía usarlas para hacerse daño, para hacerme daño.

—Voy para allá, ¿cuál es la dirección?

—Roger de Flors, 9bis, séptimo-cuarto.

Casi de forma acrobática logré quitarle las tijeras. Ella fue mucho más ágil: ya había pensado en la siguiente arma, un cuchillo. La detuve, forcejeamos, se golpeó la cabeza con la pared y cayó al suelo, fingiendo un desmayo. Supe que fingía porque el golpe no había sido tan fuerte; supe que fingía porque estaba con los ojos semiabiertos, haciéndose la dormida, haciéndose la inconsciente.

La ayudé a levantarse y nos levantamos juntos. Ella apoyó su cuerpo contra el mío, confiando en que no la iba a dejar caer. En la habitación, intentó tomar de nuevo las tijeras. La empujé a la cama y me puse encima de ella para que no se pudiera mover, para que no se hiciera daño. Otra vez forcejeamos: me gritó, me pegó, me tiró del suéter. Aunque sus golpes no eran tan duros, sus insultos eran sonoros: «Auxilio, que alguien me ayude, por favor. Auxilio, auxilio, auxilio».

Nuestros brazos y nuestras piernas eran como lazos. No nos podíamos mover mucho. Entre tanto movimiento, entre tanta fuerza, su cabeza volvió a impactar contra la pared. El golpe ahora sí fue muy fuerte —¿estaría dormida o se estaría haciendo la inconsciente?—. Me quité de encima, intenté revivirla, moverla, hacer que diera señales de que estaba bien, de que no teníamos que ir al hospital otra vez a causa de una contusión: «Aunque quizás...», pensé.

Volvió a despertarse, intenté razonar con ella, decirle que no podía dejar que se hiciera daño. Estaba asustado: «¿Qué te pasa? —le pregunté— ¿Por qué haces todo esto?». Llamé a Luisa, su amiga peruana de pelo castaño y ojos redondos. Me dijo que estaba en camino: «¿Quién es este personaje que he creado?»

***

Sonó el timbre y abrí la puerta. Lucía entró caminando rápidamente, pidiéndome que le explicara qué había pasado. Carla empezó a llorar, a decir que me fuera, que no me quería ver, que era un hipócrita, un farsante, un hijo de la gran puta.

Empecé a hacer las maletas para irme, en el fondo un poco huyendo de todo: «No quiero estar aquí —pensaba una y otra vez—. No quiero». Pensé, también, que Lucía, su amiga, podía hacer algo que yo no podía hacer, como si ella tuviera una fórmula secreta que yo no conociera. Pero Lucía, de todas las cosas que podía hacer, decidió ponerse en el balcón. Se sentó en una de las sillas blancas de plástico, sacó un cigarrillo y lo fumó.

Parecía la espectadora de una obra de teatro. Abrí la ventana para respirar y poder decirle algo a Lucía. Que me ayudara a que Carolina se tranquilizara.

Lucía me dijo que no, que no se iba a meter en medio, que las cosas las teníamos que arreglar nosotros, como personas normales, que de una vez por todas zanjáramos los problemas que teníamos. No sé por qué me convenció, pero me convenció. Carolina gritó de nuevo. Me dijo que, si me quería ir, que me fuera, lejos, a un lugar en donde nunca más me pudiera volver a ver la puta cara.

De pronto le dije. O le grité, ya no sé: «Carajo, ¿por qué quieres matarte?». Pero para matarse uno no necesita ninguna explicación. Para ella, era lo más lógico del mundo. Porque ya no podía con la vida y la vida se la había llevado arrastrando hasta el límite, hasta este momento preciso en el que ya no podía más con la vida y cualquier cosa podía convertirse potencialmente en un arma.

Empezó a llorar, a decir cosas que no comprendí muy bien. No eran oraciones, sino balbuceos entrecortados por sollozos. Le faltaba el aire. Le dije que respirara, que todo iba a estar bien, que se tenía que tomar las pastillas que le había dado la doctora Lentotes. Pero ella no quiso, se rehusaba haciendo movimientos bruscos con el cuerpo, jalándome del suéter, pegándome con sus manos en todas partes: «Me hacen mal, las pastillas me hacen mal. No soy yo misma».

Yo, que nunca he tomado pastillas, no le creí. Le dije, le insistí, que se las tenía que tomar. Lucía, mientras tanto, seguía en el balcón. No supe si estaba al tanto de la situación. Parecía que no quería involucrarse, a pesar de que yo necesitaba que se involucrara urgentemente, porque Carolina no estaba bien, no podía respirar, le faltaba el aire, no podía hablar. Y porque antes había intentado matarse con pastillas, con unas tijeras, con un cuchillo de cocina. Aunque Lucía esto lo sabía, no lo había vivido en carne propia. Por eso estaba tan tranquila, porque es diferente saber cosas por boca de otro que vivirlas.

Salí un momento al balcón para hablar con Lucía. Intenté reconstruir todo desde el principio, acercarla un poco a lo que yo estaba viviendo. Le conté la historia desde que Carolina tomó las tijeras, le dije que no sabía qué hacer y que el hospital y que la doctora y que las pastillas, etcétera.

Se lo conté y en mi cabeza tenía todo el sentido del mundo. Pero, por alguna razón, cuando escuchaba cómo salía de mi boca, dejaba de tener sentido. Más bien era una historia diferente, como si se tratara de una obra de teatro, surreal y absurda.

***

En realidad, no sé por qué razón no empecé por el principio: por decirle que la noche anterior Carla y yo habíamos discutido. Que no habíamos dormido juntos, que había obviado sus mensajes en los que me escribía que se estaba tomando una, dos, tres pastillas, como si fueran caramelos. Supuestamente estaba ansiosa y deprimida y quería dormir y no podía.

No sé por qué razón no dije que no presté atención. Quizás debí haber empezado por ahí. Por contar que no sabía lo que podía pasar cuando los pensamientos intrusivos se adueñan del insomnio. Porque al final eso era lo que quería Carmen, dormir. Eso era lo que había querido Carla desde el principio, dormir, aunque sea un rato. Eso era, en el fondo, lo que Carolina buscaba, quizás desesperadamente, dormir para siempre. Descansar y no despertar nunca más.

Me doy cuenta de que, conforme intentaba contar esta historia, Lucía no me entendía muy bien. Hacía una cara extraña, como de sorpresa. Después, pausadamente, su cara se transformó a una cara plácida, como la de la doctora. Me dijo que todo iba a estar bien, que me entendía, que tranquilo. Pero no quería que me entendiera o no quería que me dijese que me entendía. No era verdad, aunque me lo dijera. Ella no había estado ahí, en medio de toda esta locura. Lo que quería es que me ayudara, que me salvara, que se diera cuenta de que Carolina no estaba bien. Pero ella, de todas las opciones, escogió tranquilizarme, decirme que me entendía, decirme que estaba para cualquier cosa que necesitara. Esto lo repitió una y otra vez, sin entender absolutamente nada. Como una chimenea, fumé un cigarrillo tras otro, mientras Carla, perdón, Carolina, perdón, Carmen, estaba en la habitación y se empezaba a calmar un poco.

***

Lucía por fin me dijo que iba a hablar con ella. Yo me quedé en el balcón fumando, con la esperanza de que de verdad hablara con ella, con la sensación de que de verdad me entendía. Después, entré a la habitación y me di cuenta de que Lucía había desaparecido, no estaba en ninguna parte. Salí, empecé a buscarla por todo el piso. Pero nada, ningún rastro. Se había ido para siempre y me había dejado aquí, solo. Alguien salió del baño y me di cuenta de que era Lucía: «Sí, Lucía, por favor, haz algo, que ya no puedo más —pensé—. Sí, Lucresia, por favor, quédate conmigo, no vayas a ninguna parte».

Ella entró en la habitación y abrazó a Carmen. Se despidió de mí y me dijo: «Cualquier cosa que necesites, tienes mi número». «No te vayas», pensé otra vez. Pero no lo dije, porque Luisa era amiga de Carmen y no mi amiga. No me sentí quien para decirle que se quedara, ni para decirle que la necesitaba. Y Carmen, según me dijo Lucrecia, le dijo que todo esto era algo pasajero, un simple problema de pareja, una obra de teatro: que lo único que ella necesitaba ahora mismo era hablar conmigo, pero que ya estaba más tranquila y que se podía ir.

***

Entré de nuevo en la habitación. Todo lo que ocurrió a partir de este momento fue nebuloso. Ocurrió de noche. Carolina, Carla, Carmen y yo discutimos. Ellas lloraban frenéticamente. Me decían, otra vez, que no me querían volver a ver en la vida, infinitas veces, hasta la saciedad, hasta que sus deseos fueran órdenes. Curiosamente, incomprensiblemente, me dijeron, también, que no me fuera, que me querían y que me amaban, que me necesitaban.

La discusión se tornó violenta, las voces se alzaron y se volvieron agresivas. Hubo momentos extraños, silencios incómodos, frases inconexas. Hasta que le dije a Carmen que me estaba volviendo loco. Salí de la habitación para respirar un poco, para fumar otro cigarrillo. Pensé en la chica de los tatuajes, en lo que le habría pasado: ¿estaría más tranquila en su infierno personal? Pensé en nuestros compañeros de piso japoneses, en sus vidas, en si seguirían en el piso.

Eso, de alguna manera extraña, me reconfortó: saber que había más vidas además de la mía. Sin importar si eran peores, mejores o inventadas.

Hice unas llamadas a mis amigos, les intenté contar lo que había pasado, pero me pasó lo mismo que me pasó con Lucía, digo Luisa: que todo salía como una especie de no sé qué que se quedaba balbuceando. Les dije que no sabía qué hacer, pero ellos tampoco sabían, solo me escuchaban desahogarme. Colgué y permanecí un rato en el sillón de la sala, recostado, viendo al techo, recuperando las fuerzas necesarias para entrar a la habitación.

Abrí la puerta, un poco temeroso. No había un solo ruido, todo parecía más calmado. *Ella* parecía más calmada, más lista para no matarse y no matarme. La abracé muy fuerte, sentí sus lágrimas sobre mis mejillas y mis manos húmedas: «Me voy a quedar contigo siempre», le dije, aunque no fuera cierto. «Te amo con toda mi vida», le dije, aunque tampoco fuera cierto.

Mi cara empezó a adoptar una cara plácida, tranquila, imperturbable. Fui encontrando la calma que había necesitado durante todo el día. Al fin pude mirarla con claridad: «Te entiendo», le dije finalmente, aunque no fuera cierto.

Por fin ella pudo descansar para siempre como bella durmiente.

Las carmelinas descalzas

«No, no, así no». Roger Carter interrumpió la escena a mitad de un estornudo. Habían intentado recrearla por lo menos diez veces. El resultado siempre era el mismo: ¿qué pasaba?, ¿por qué no estaban concentrados?, ¿por qué cuando Carolina o Carmen o Carla —o como se llamara— tomaba las tijeras largas o el cuchillo, todo parecía falso? ¿por qué, a un día del estreno, no estaba todo en su sitio? ¿de dónde venía ese bufo a alcohol?

Las carmelinas descalzas se presentaba en la sala Barts en veinticuatro horas. Debía ser su ópera prima, el momento de su consagración definitiva en el andamiaje contemporáneo del teatro. No podía haber ninguna falla.

***

«No es una obra honesta, Roger». Recostada sobre la cama, en ropa interior, a punto de irse a dormir, su mujer, una médica psiquiátrica y amante del teatro, cinco meses atrás anticipaba el fracaso de la obra como una pitonisa: «El arte verdadero solamente es bueno si es honesto».

Carter, necio y altivo, con orgullo de león y pecho en alto, rebatió el argumento aludiendo a Kafka: «¿Qué es honesto en estos días? No puedo asistir a una fiesta de disfraces sin una máscara».

Ella se quitó los enormes lentes que utilizaba para leer todas sus obras, lo vio con una mirada socarrona y le dijo: «Me encanta cuando te haces el intelectual».

Megan Fisher se había enamorado de él hacía diez años. Siempre había querido ser actriz. Pero sus padres, personas sensatas, médicos los dos, la habían hecho estudiar medicina. Tal vez ella encontrara en Carter aproximaciones al mundo, formas de pensar, que ella, por falta de tiempo, fue incapaz de explorar en su juventud.

Esa curiosidad la llevó a conocer poco a poco todos los demonios y las oscuridades de su marido. Sabía de dónde venía cada cosa que escribía, cada objeto de cada escena, cada personaje. Esto a Carter no lo atemorizaba. Al contrario: que alguien tuviera tanto poder sobre él y supiera tanto de lo que hacía, que alguien tuviera tanta influencia sobre su creación y cuestionara constantemente su sistema de valores estéticos y éticos, no solo le gustaba porque lo hacía poner sus pies en la tierra, sino también porque lo ponía cachondo.

***

«Nos tomamos diez minutos y volvemos. A ver si nos ponemos las pilas de una vez. Estrenamos en veinticuatro horas», sentenció. Su voz era autoritaria y su enfado dictatorial. Un silencio se apoderó de la sala.

Si bien todos sabían que trabajar para Roger Carter era una oportunidad en sus carreras teatrales, también sabían que ponían en riesgo su salud mental. De sobra eran conocidos los rumores acerca de su carácter, su meticulosidad oriental, sus estrictos métodos psicológicos. Pero en este caso, el descanso era para él, no para sus actrices.

En el pasillo, colgada de una esquina, una pantalla proyectaba un partido de fútbol de la segunda división griega. Él siempre había sido hincha del Aquiles. Su padre, nacido en Atenas, le había contagiado el gusto por el fútbol. Años más tarde, cuando viajó y vivió en España, tuvo que ocultar este fanatismo. Estaba mal visto que una persona culta, dada al placer del teatro, del arte, del intelecto, disfrutara de cosas mundanas. Así fue como aprendió a gozar en silencio y a obviar los gustos del vulgo. No quería que el mundo corriente lo distrajera del fin último de su vida.

Sin dejar de prestar atención al partido, metió un par de monedas brillantes en la ranura de la máquina expendedora. La máquina no funcionaba bien. Le dio un par de patadas y la intentó mover con fuerza.

Ángela, del personal de limpieza, lo ayudó:

—Para comprar comida hay que pulsar el botón.

—Esta máquina es imposible.

—Sí.

—Gracias.

—De nada.

***

Su esposa tenía razón: la obra sin duda se salía del registro. Por eso debía ser tan difícil que las partes encajaran. Nunca hasta ahora había explorado las verdaderas posibilidades de surrealismo religioso. Sus otras obras, éxitos mundiales representados en Broadway, apuntaban hacia un costumbrismo más bien decadente: «Lo del registro era una cosa entendible, estrictamente conceptual —razonaba Carter en silencio mientras se comía el bocadillo y tomaba la tónica de limón que la máquina le había ofrecido—. Otra muy diferente es que esos chimpancés que se hacen llamar actores no puedan decir o hacer nada que sea genuino. ¡A un día del estreno!».

Se quedó viendo un rato el partido. El Aquiles perdía tres a cero. La final estaba perdida.

Salió a fumar. Afuera, unos obreros de construcción apagaban las grúas. Y terminaban su jornada: «Me hubiera gustado crecer en un barrio industrial como este, ser un obrero de construcción —pensó como si aludiera a otra vida—. Habría tenido más sentido convertirse en dramaturgo».

Cuando terminó de fumar, apagó el cigarro violentamente con uno de sus zapatos.

Sin duda era un mal día para el teatro. La encargada del vestuario le había dicho que necesitaban no sé qué cosa que sería muy difícil de conseguir antes del día siguiente. Los técnicos, jóvenes universitarios, le habían mencionado que las luces del acto dos todavía no estaban programadas. Blanes, el famosillo actor Roberto Blanes había llegado tarde y borracho a lo que sería el último ensayo. La desidia de la juventud empezaba a darle asco. Quizás porque él mismo había dejado de ser joven. O quizás porque extrañaba tanto aquella época en la que nadie lo conocía y ninguna responsabilidad recaía sobre sus hombros.

***

«¡A nadie le importa el teatro! ¿Quién en estos tiempos decide convertirse en dramaturgo? —le dijo alguna vez a Blanes, el único actor masculino de la obra—. Solamente un idiota o un loco».

Roberto Blanes tenía treintaicuatro años recién cumplidos y no conocía aún el trabajo del gran Roger Carter. Acababa de grabar una película en Nueva York que había sido un éxito rotundo. Después del rodaje, quiso tomarse un descanso de las cámaras y de la farándula. Para no perder la costumbre de actuar, como una especie de *hobby*, optó por incursionar en el teatro.

Despreocupado y hasta podría decirse que un poco altivo, dando un golpe en la barra del bar y un sorbo al trago que había ordenado, le respondió a Carter, al gran director Roger Carter: «Hay que estar loco en este mundo. Si no, uno corre el riesgo de morirse de pena».

Extrañamente, después de ese encuentro, no se despidieron.

***

¿Cómo no ponderar la posibilidad de que Blanes quisiera sabotear su obra? No había forma de saberlo. Finalmente, que otro hombre fuera parte de la producción teatral sin duda lo ponía nervioso.

Y es que en última instancia *Las carmelinas descalzas* era una obra de mujeres. Carmen, la protagonista, se adentraba en un convento para intentar redirigir su vida después de haber encontrado bajo la almohada de su cama una carta suicida de su amante. En el convento conocía y se hacía amiga de unas monjas, sor Carla y sor Carolina. Con ellas formaban la Triple Alianza. Las tres monjas empezaban a rebelarse contra las restricciones y las imposiciones, no solo del convento, sino de todo el pueblo. Aprendían hechizos antiguos, el arte del tarot, inventaban un idioma críptico, se disfrazaban de brujas.

«La obra termina con una danza sin zapatos bajo la lluvia. De ahí el nombre. *Las carmelinas descalzas*». A Carter no le gustaba dar explicaciones, pero las tenía que dar para que financiaran sus proyectos o para conseguir que actores con cierto prestigio se interesaran en participar en ellas. Era parte del negocio.

***

A pesar de que el resto de la humanidad estaba convencida de que era un director sin precedentes, un genio, un espíritu creativo que no solo había roto todas las reglas del teatro, sino que había roto el teatro en sí mismo, él se sentía un farsante.

En su obra más aclamada por la crítica, con la intención de recrear la destrucción del franquismo y como forma de sublevarse contra el imperialismo cinematográfico, montó una obra llamada *La destrucción del teatro*. Después, con sarna, contagiado de una ironía venenosa, declararía ante los medios de comunicación que los teatros ocupaban demasiado espacio en el mundo y que lo mejor era convertirlos en centros comerciales.

Como si su genio justificara todas sus extravagancias, Carter se saltaba todos los protocolos que juzgara idiota. Según él, la actuación podía enseñarse a cualquiera: «A mí lo que menos me importa es la trayectoria —había justificado en una entrevista—. Al final, el personaje elige a la persona, no al revés».

La actriz que protagonizaba a Carmen tenía veintiséis años. Llevaba el pelo rapado de los lados y la piel de los brazos tapizados de tatuajes. Grandes arracadas colgaban de sus orejas. Para Carter, ese aspecto de mujer rebelde bastó y sobró para que, sin siquiera decir una línea, fuera escogida como protagonista de su obra. Por si fuera poco, había estudiado danza y canto en París y se codeaba con algunas de las celebridades culturales de la época.

***

Cuando regresó al ensayo, después del descanso, los actores se encontraban dispersos, comentando líneas, haciendo bromas. El ambiente era liviano. Blanes era el único que parecía desentonar:

iba y venía por el escenario, como enloquecido, como descarriado, recitando poesía con su aliento alcoholizado y en un idioma desconocido que bien podía haber sido portugués o español.

Finalmente, tropezó con uno de los sillones de terciopelo negro que había en el escenario y quedó colgado como una marioneta: «Joder, tenías que llegar así al ensayo», espetó Carter. Blanes se levantó a trompicones, balbuceando, apoyándose contra una de las mesas, intentando recomponerse: «El teatro está muerto, Roger, acéptalo», gritó de pronto con desparpajo, borracho e insensato. Un puño le atravesó toda la cara y le dejó la nariz ensangrentada.

El gran Roger Carter no se había pasado todos estos años aguantando a tantos actores y actrices mediocres, a tantos dueños de teatros mezquinos, a tantos críticos idiotas, no había perdido todo ese tiempo en burocracias absurdas para que un famosito que había actuado en Nueva York viniera ahora a montarle un espectáculo privado, a veinticuatro horas del estreno de su obra más importante.

Blanes quizás nunca lo supo, pero aquel puñetazo que le enchuecó la nariz de por vida, llevaba detrás todos y cada uno de los demonios con los que Carter convivía.

***

«Necesito que vengas ahora mismo al teatro. ¿No decías que siempre habías querido ser actriz?». Cuando la llamó por teléfono, Megan Fisher estaba en su despacho atendiendo a una joven colombiana que acababa de ingresar por una sobredosis de ansiolíticos: «Acabo esto y voy —le dijo su compañera, su esposa, el amor de su vida, la pitonisa—. ¿Me dará tiempo de memorizar las líneas?»

Carter sabía perfectamente que el golpe haría que Blanes se despidiera de la obra para siempre. Lo que no sabía —no podía saberlo— era que unas semanas atrás Blanes y Carmen, la protagonista, la rebelde perfecta, habían iniciado un romance y que ella no lo pensaría dos veces cuando este, después del golpe, le propusiera renunciar y mudarse a Nueva York: «Ya sabes lo que pienso sobre ser actor», contestó Carter a su mujer.

Estaba zanjado: él haría el papel de Blanes mucho mejor que cualquiera. Y ella el de Carmen.

***

La noche del estreno, la sala Barts tuvo aforo completo. Las entradas para *Las carmelinas descalzas* se agotaron. Probablemente, Roger Carter fuera el único director de teatro que, en el siglo XXI, podía lograr esta hazaña.

Oculto, detrás del telón, feliz como un niño pequeño, se regocijaba con las butacas repletas. Su mujer se ponía el vestuario y tomaba un par de pastillas, autorrecetadas, para calmar sus nervios: «No sé si funcione, Roger —le confesó Megan Fisher a su esposo Roger Carter, al gran director Roger Carter—. Ya sabes lo que pienso de la obra. No sé si puedo hacer el papel».

Entonces Roger la tomó de los hombros, la miró fijamente a los ojos y le dijo con todo el convencimiento del mundo: «Megan, es ahora o nunca. Esta es tu oportunidad».

Con estas palabras, Megan Fisher saldría a escena para dar una de las actuaciones mejor recibidas por la crítica. Meses más tarde dejaría su trabajo en el Hospital del Mar para, a los cuarenta y cinco años, empezar su carrera como actriz.

Cuando le tocó salir a escena, Roger Carter se sorprendió de ver a Blanes en primera fila. Antes de viajar a Nueva York con Carolina, su nueva novia, quería ver si la obra había resultado un éxito o no.

Persuadido por la idea de que la obra no funcionaría sin su presencia, quiso atestiguar el fracaso inminente que la mujer de Roger, recostada sobre la cama, en camisón de noche, había anticipado ya, cinco meses antes, en una primera lectura.

Al acabar la obra, Roger salió para recibir los aplausos del público. Solo le importó la reacción de Blanes. Todo el público estaba de pie excepto él. Su cara, transparente, impávida, hablaba por sí misma. En ella se podían leer todos sus pensamientos: «Lo ha conseguido —pensaba Roberto Blanes, el famoso actor de cine, el neoyorquino que había sido derrumbado por nocaut por el gran Roger Carter a unas horas del estreno de la obra—. El hijo de puta lo ha conseguido».

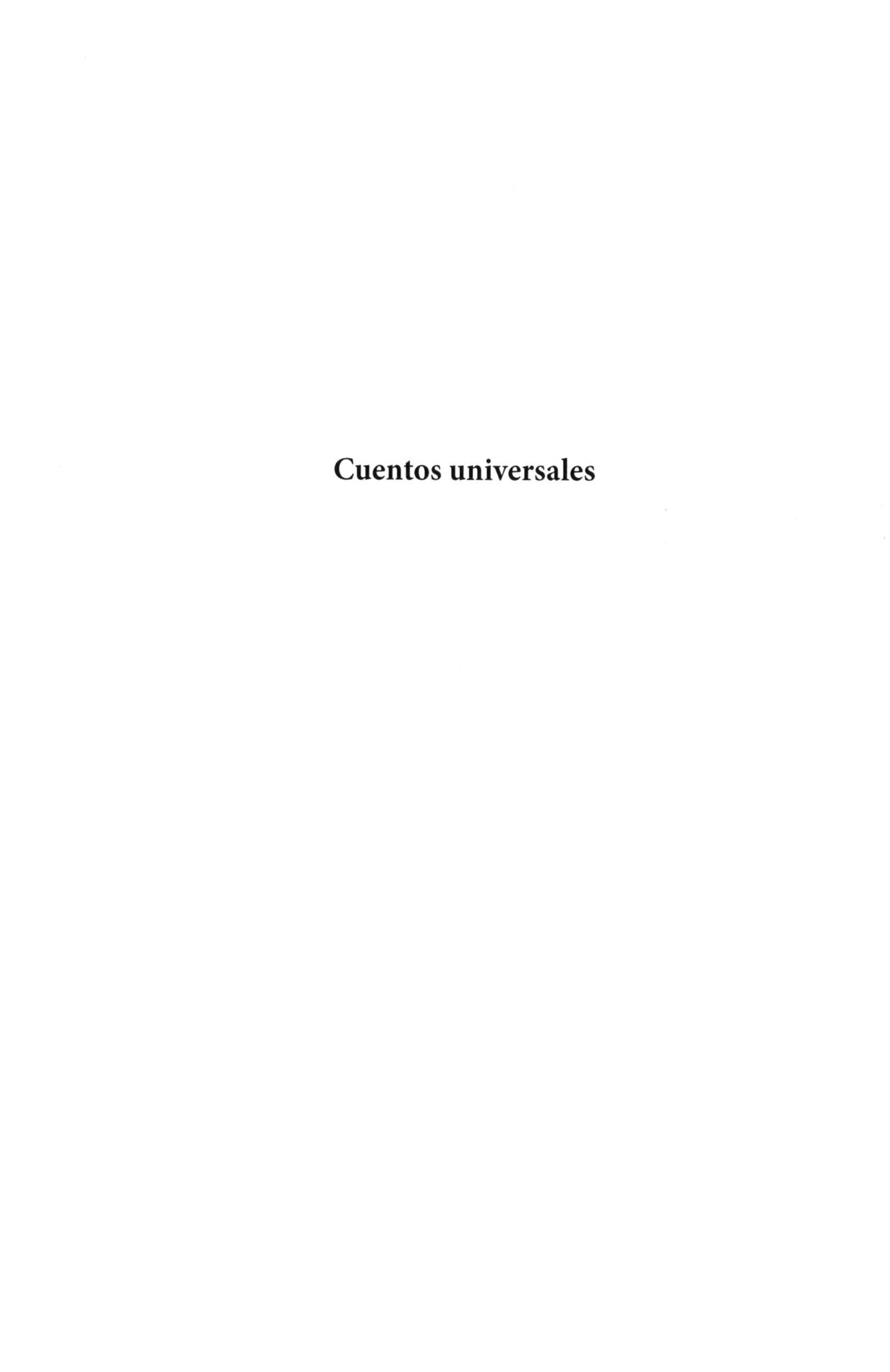

Cuentos universales

Un mercenario literario

Él mismo se puso el nombre de Han. Nunca supe cómo se llamaba de verdad. Muchas veces los mitos suelen ser más grandes que las personas. En el caso de Han, el mito estaba a su altura. Extrañamente no era un tipo muy alto. Yo lo conocí en un concurso de cuentos, cuando los dos teníamos veintitantos. Llevaba el pelo largo, la barba desgarbada le tapaba la mitad de la cara. Quiso saber de qué trataba mi cuento. Le dije que era sobre un ser mitológico cuya sentencia era registrar por escrito absolutamente todo. Me dijo que la idea le gustaba: «Es sugerente —fue lo que dijo—. Pero probablemente no ganarás».

No quise preguntarle de qué trataba su cuento.

***

Al terminar la ceremonia, Han me invitó a tomar una cerveza en una terraza de un restaurante japonés. Hablamos de vidas pasadas, de literatura, de autores que nos entusiasmaban, de autores que nos aburrían, de tramas imposibles, de cómo no éramos más que una mota de polvo en el vasto universo.

Han tenía algo extraño que lo acercaba al genio, como si debajo de sus gestos se encontrara un guerrero milenario y al mismo tiempo derrotado. Cuando pasamos a la tercera cerveza, empezó a contar su historia:

—Los poemas eran reinterpretaciones de canciones de amor. Mis primeros poemas eran muy malos. Por esa época leía mucho. A mis compañeros del colegio no les gustaba leer. Vi una puerta y decidí atravesarla. En ese entonces, todavía tenía cierta noción de justicia. Mis precios seguían una lógica aritmética: multiplicaba por tres la calificación obtenida. Si el ensayo sacaba un diez, cobraba treinta euros. Si el ensayo sacaba un nueve, veintisiete euros. Así sucesivamente. Si el ensayo sacaba una calificación menor a seis, no tenían que pagarme nada. No hice ningún ensayo que sacara una calificación menor a ocho. Así, poco a poco, Me fui haciendo de una pequeña fama. Recibía solicitudes de los que necesitaran demostrar que habían leído *La divina comedia* o *El Quijote.*

Sus palabras se intercalaban con el humo de su cigarro. Poco a poco noté que empezaba a adoptar ese odioso tono de los escritores que oscilaba entre la indiferencia y la vanidad:

—En realidad no necesitaba dinero —continuó—. Solo me divertía el hecho de engañar. Bastaba cambiar el título o los primeros párrafos de un texto para aparentar las diferencias. Nunca me he considerado bueno para nada. Hay gente que nace dotada, predispuesta a convertirse en un gran científico, un gran ingeniero. Mi caso era diferente: había nacido con una predisposición para mentir. Decidí cambiarme el nombre, crearme una nueva identidad. Escogí el de un mercenario galáctico de una película de ciencia ficción. La gente empezó a conocerme como Han.

Hizo una pausa y respiró profundamente:

—Me matriculé en la universidad para estudiar Historia. Pronto abandoné los estudios. La Historia es real, científica, exacta. Y yo nunca he sido bueno con la precisión. Después participé en un concurso de cuentos. Gané segunda mención. Por razones que no vale la pena contar ahora, decidí irme a un rincón inhóspito de Japón. Me enamoré y dejé de escribir. No se puede estar enamorado y escribir a la vez. Se puede intentar, pero el resultado casi siempre resulta catastrófico.

»Probé vivir en España un tiempo. Por un amigo supe que en España la literatura *vendía*. Ahí empecé a explotar verdaderamente mi potencial. Recurrí a las viejas estrategias del bachillerato. Empecé a escribir cuentos para concursos regionales. Al cabo de un tiempo aprendí que las editoriales rara vez buscan calidad literaria. Lo que buscan son tendencias, productos que pueda consumir un público lector. Mis cuentos se ajustaban a eso. En ese entonces estaban de moda las historias policíacas. Aprendí a observar con cuidado las sutilezas del entorno, el movimiento de algunas dinámicas. Cuando te vi, supe que no ganarías por eso: porque tenías una mirada virginal.

Expulsó el humo del cigarro y dio gran sorbo a su cerveza. Se quitó el sombrero, se limpió el sudor de la frente y respondió a mi pregunta:

—Nunca me he atrevido a participar en un concurso de poesía. Para la poesía se necesitan vísceras. Un buen verso hay que impregnarlo de sangre, cada palabra cuenta. Con un cuento se puede hacer cualquier cosa. La poesía requiere de ánimos febriles. El cuento es más mesurado. Está eso. Y también que los premios de poesía son francamente miserables.

Cuando terminó de hablar, suspiró. Era un suspiro terriblemente melancólico, que me hizo sentir muy ajeno a su mundo. Me invadió una inmensa compasión por su soledad. Nos despedimos con un apretón de manos.

El pagó las cervezas.

***

Al cabo de un tiempo volví a participar en un concurso literario. Esta vez el cuento trataba de un país que se había convertido en cementerio por las malas decisiones de sus gobernantes. El protagonista era un oportunista que vendía muertos.

En la ceremonia volví a ver a Han. Lo saludé con la distancia que produce la cordialidad. Estaba distraído, esquivo, como si algo acabara de pasar o como si estuviera, más bien, extraviado. Le pregunté que cómo llevaba el negocio. Respondió que bien. No quiso saber nada sobre mi cuento.

Gané segunda mención. El ganador del concurso por supuesto fue Han. Cuando lo anunciaron, había desaparecido sin dejar rastro.

***

Meses más tarde, cuando me llegaron los ejemplares en donde salían publicados los finalistas, tuve la curiosidad de leer el cuento de Han. Trataba sobre un ser mitológico, un biógrafo sin nombre que se aventuraba a registrarlo todo. La historia era idéntica a la que yo había escrito. Lo extraño era que los cuentos de ese concurso nunca fueron publicados.

Cuando lo leí, tuve la sensación de que el cuento de Han era infinitamente mejor. Después de esa vez, ocurrieron dos cosas: no volví a saber nada de Han y tampoco volví a escribir para concursos.

Un matrimonio japonés

Para Iñaki

En este cuento todo es japonés: los motivos, los acontecimientos, las invenciones...

El señor y la señora Osaka se casaron el mes pasado. Con motivo de su matrimonio, un cercano conocido —quizás un amigo de la infancia— les regala un pequeño baobab. La planta en un principio es pequeña. Por su tamaño cabe perfectamente en la mesita de noche. Junto a una lámpara de papel con *geishas*, en una quietud milenaria, solo hace fotosíntesis y quizás exige poco cuidado a base de sol y agua.

Pasan los años, el baobab crece. El señor y la señora Osaka empiezan a tener sueños extraños. O que ellos consideran extraños. Las dos cosas ocurren a la vez. Primero él sueña que es una mariposa que se convierte en gusano. Ella, que es una flor que se convierte en tigre.

***

Acostumbrados a despertar y no recordar nada de sus sueños, esta alteración del estado de las cosas, en un principio, parece lógica. Lo que los unía para siempre ha desaparecido. Han desaparecido, también, todas las razones para justificar su amor: la juventud, la amistad, las experiencias compartidas, las palabras de afecto. ¿Permanecen juntos por desidia, por miedo o por delirio? Todos los motivos son posibles. El amor sin cuidado corre el riesgo de convertirse en tedio. Ellos lo saben y viven —aunque quizás no lo sepan— resignados a la soledad de la unión por mandato social.

Después de cada sueño, cuando despiertan, optan por el silencio. Ninguno comparte sus experiencias nocturnas. Compartirlas sería adentrarse en territorios a los que no están acostumbrados. Se puede intuir —ellos puede que incluso lo sospechen— que el baobab es responsable de todas estas aventuras quiméricas. Pero mejor que no lo sepan. Piensan más bien que todo es una enfermedad degenerativa, una afección por estrés. Con la excusa de un malestar general, acuden al médico. Este les hace preguntas, estudios en el cuerpo, un encefalograma. Su actividad neuronal es estable. No hay nada raro en la resonancia.

***

Él es banquero y ella dueña de una compañía de seguros. Su mundo está, de alguna forma, determinado por la estructura y el éxito. Todas las mañanas, él se viste con un traje impoluto, negro. Se relame el pelo hacia atrás. Ella se maquilla la cara, se pinta los labios de un carmín violento, se delinea los ojos. Criptomonedas, capitalizar inversiones, economía fluctuante. Todo eso forma parte de sus conversaciones habituales. No se preguntan si las palabras que usan para referirse a las cosas están vacías o no. No se preguntan si los rituales matutinos que realizan son idiotas imposiciones del mundo que los rodea. No necesitan las dudas. Sus personajes son personajes de éxito: productos relucientes de una sociedad contemporánea que los acoge como héroes, como ejemplos predilectos de las bondades de un mundo que se mueve por dinero.

Nada ha sido azaroso para ellos: todo ha conllevado sacrificios, esfuerzos inconcebibles. En algún punto de su biografía, heredan sus respectivos puestos de trabajo. Esto zanja su futuro. La complejidad de forjarse un destino nunca fue una opción. La meritocracia los recompensa y ellos lo agradecen. Después de cuatro años de trabajar más y mejor que nadie, después de tanta espera, compran un *loft* en el centro de Tokio, viajan a las Bahamas, organizan una copiosa boda en la que un amigo de la infancia les regala un baobab.

Pero no hay felicidad que no sea efímera. Con los años, el matrimonio cae en la monotonía. El sexo deja de ser excitante. La pasión, el deseo, la satisfacción, se convierten en rutina. Antes, ella se abría de piernas cada noche y se dejaba penetrar pasivamente. Tenía la idea de que el señor Osaka la querría para siempre. Ahora no encuentra ninguna motivación para hacer el amor. Él no lo sabe, pero los gritos, los gemidos, el placer, todo es falso.

La señora Osaka no está acostumbrada a las conversaciones incómodas. Es precavida y no quiere herir el ego masculino de su marido. Abogar por los orgasmos clitorianos, algo que el señor Osaka confunde con ciencia ficción, implicaría asumir para ella el riesgo del divorcio, de la pérdida, del abandono y de la soledad.

De la misma forma, el señor Osaka es consciente de que el placer ya no es el mismo. Su juventud se ha desvanecido, al igual que su libido. Ha dejado de desear a su mujer: le han salido canas a la altura de las orejas, tiene patas de gallo en las comisuras de los ojos, todos sus gestos le incomodan, sus tetas ya no son tiesas.

***

Los sueños poco a poco se van adaptando a las necesidades del matrimonio. Un día ella sueña que está en un trono con motivos barrocos. Que es dueña de una mazmorra. Que tiene esclavos sexuales que no hablan. Que todas sus fantasías quedan satisfechas. Él sueña que todo su cuerpo está cubierto de tatuajes. Que es un ex militar norteamericano. Que mata a un mercenario literario con sus propias manos.

Pero ¿qué pasa con el baobab? Me he visto envuelto en la complejidad de narrar las peripecias del matrimonio Osaka y me he olvidado de la planta que es lo más importante de la historia.

Que no cunda el pánico. No me he olvidado nada.

Con los años, el tronco del baobab se expande y le crecen hojas a sus pequeñas ramas. El pobre ha sido relegado a una esquina. Pero no está ofendido. Ni se siente dejado de lado. Sabe que su destino es ese: el de ser árbol. Más aún: que su destino de árbol es mil veces mejor que el de ser humano.

Desde esta posición observa —pasivamente, contemplativamente, filosóficamente, se podría decir— todas las cosas que acontecen, todas las sutilezas y las asperezas del matrimonio Osaka. Su lugar en esta historia solo cobra sentido en la medida en la que observa.

Solo así puede hacer lo que mejor sabe hacer: extender sus ramas por las noches, penetrar la psique de sus dueños, aumentar la intensidad de los sueños.

***

Finalmente, los Osaka empiezan a dormir más y los sueños se vuelven cada vez más adictivos, descontrolados, lúcidos. Hasta que finalmente la realidad deja de importar.

Hay una noche en la que ella camina fuera de casa, absorta, sonámbula, hacia un río muy profundo. Se moja los pies y se despierta. Desorientada, vuelve a casa. Otra en la que él, sin quererlo, confundido, intenta robar un banco.

Abandonados a esta suerte, abandonados, también a este azar, dejan de vestirse, dejan de comer, dejan incluso de hablar. La ficción acontece en sus vidas como un milagro, como algo que rompe con sus herméticas y estructuradas vidas de éxito.

Es justo pensar que a los Osaka se les impuso normas ingenieriles desde un principio. Solo lo práctico tenía sentido en su vida. Habituados a la rigidez, los silencios de las mañanas no solo eran silencios, sino penitencias con las que debían cargar por estar faltos de invenciones.

El baobab esto lo supo y actuó en consecuencia. Aunque no lo reconozcan, con cada día que pasa, ellos anhelan y actúan en función de que las noches sean cada vez más largas y los días cada vez más cortos, todo con el fin de poder imaginar, eternamente, mundos que sean posibles.

Los dioses del fútbol

Para Mario

He jugado como diez en casi todos mis equipos anteriores. Incluso llegué a ser goleador durante varias temporadas. Suelo ser más bien de esos jugadores que se quitan rivales de encima y meten diagonales mortales. Mis compañeros esto lo confunden con un peligroso síntoma de individualismo.

Por eso, las veces que me lo han preguntado contesto que mi naturaleza es más de diez que de cuatro. Por alguna razón, cuando llegué a España, los técnicos empezaron a discrepar conmigo y me pusieron a quitar balones en la media cancha y a tropezar a los contrarios.

Soy proclive a humillar a los defensas. Pero con el paso de los años, he perdido la condición física para estar a la velocidad de los contragolpes. Esto, básicamente, se traduce en el argot futbolístico en dos cosas: calentar la banca o jugar como medio defensivo. Dejaba la posición del mago que hace un pase filtrado por la del tipo que detiene al contrincante con un jalón de camiseta. No tenía opción. Mi representante me dijo que tenía solo dos posibilidades: jugar en Estados Unidos como suplente o probar suerte en la segunda división griega.

Al final escogí Grecia para aumentar la *epicidad* de mi carrera.

***

Recuerdo que Atenas era una ciudad descomunal. Tenía cierta semejanza desastrosa con la ciudad en la que me había forjado como futbolista —ciudad que, motivos aparte, también estaba intentando olvidar—. Eso es lo que tiene haber jugado tanto tiempo en un mismo lugar. Que terminas aferrándote a algunas cosas con uñas y dientes.

En total estuve tres temporadas en el Aquiles y puedo decir que fue el mejor equipo en el que jugué. A pesar de esto, debido a todas las renovaciones, el primer año fue catastrófico. El portero institucional fue reemplazado con un portugués que tenía rituales poco ortodoxos: antes de cada partido recitaba poesía en el vestuario y solía colgar un rosario en uno de los ángulos de la portería. Los rumores decían que había pertenecido a las Carmelinas Descalzas.

A los dueños del club les gustaba su exotismo religioso. Era la forma de conseguir que los católicos se interesaran por el fútbol.

La defensa y los mediocampistas también fueron renovados ese año. Dos gemelos altos, portentosos, de hierro, llegaban de la cantera de un equipo italiano de primera división. Además, Balam Reinold, al que llamaban el brujo maya, llegaba como préstamo del Dínamo.

Reinold era proclive a la polémica. Sus circunstancias no eran demasiado favorables. Sus romances con mujeres de la farándula, su adicción a los psicotrópicos, su devoción por la fiesta eran mundialmente conocidos. Para disipar la atención sobre un posible nexo con la mafia, el Dínamo decidió cederlo como préstamo al Aquiles. Lejos de lo que no tenía que ver con el fútbol, cuando por su cabeza no estaban rondando los fantasmas de su vida personal, se notaba su calidad, su visión de juego, su particular facilidad para atacar y defender a la vez. Era lo que se dice un jugador completo.

La delantera no había sufrido ningún cambio. Esto se debía a pura lógica: el equipo contaba con Roberto Blanes, el innombrable. Blanes no solo había sido el pichichi goleador de la liga anterior, sino que también era el favorito del público, el que vendía las camisetas, el que se sacaba *selfies* con los fans. Había decidido quedarse en el equipo a pesar de que el Bayern de Munchenhaus —equipo alemán que había ganado cinco de las últimas seis Champions— le había ofrecido un contrato millonario.

Pocas veces se rinde homenaje a los verdaderos héroes: en una borrachera, después de un entrenamiento, le confesé al innombrable, que era como le decían, que lo que había hecho ya no se veía en el fútbol y que eso era un verdadero amor por la camiseta.

Yo, al Aquiles, llegaba como reemplazo del Marinero, un defensa central que venía del sur de Francia y que, según me habían contado, con su primer sueldo se había comprado un barco. No estaba rindiendo y el club decidió no renovarle el contrato. Nunca supe cómo se llamaba. El día que se despidió del club —después supe que el Aquiles había sido su último equipo— tuve la oportunidad de coincidir con él en los vestidores: «Lo difícil nunca es lo material —me dijo— lo difícil siempre es lo sentimental». Con esa frase, llevándose la camiseta al hombro, se despidió de mí.

***

El equipo pintaba para ser a todas luces un desastre. Ese año había habido demasiados refuerzos. Estaba, también, la barrera del idioma: el griego es imposible de aprender. Estaban esos problemas, los problemas internos, digamos, los problemas de reajustes, de comunicación, de entendimiento. Y estaban también los problemas externos: las polémicas de prensa, la presión de los patrocinadores, el descontento de los aficionados.

No estábamos en las mejores condiciones para competir. Lo más seguro es que en otras ligas nos hubieran destrozado. Por fortuna, la segunda división griega es así: la competitividad suele confundirse con mediocridad.

La primera temporada nos clasificamos a octavos. Hicimos un torneo inmejorable. Las casas de apuestas nos daban altas probabilidades de llegar a la final. ¿Qué pasó ese año? Por razones que no tenían que ver con lo deportivo, la liga se canceló. Se habían filtrado noticias de violaciones al reglamento internacional. Los balones con los que se estaba jugando eran más ligeros de lo permitido. El torneo se canceló para evitar mayores contratiempos. Cuando la investigación de parte del comité internacional terminó, el torneo no se reanudó. Se resolvió dar por terminada la temporada con un partido simbólico entre los dos mejores clasificados.

***

La segunda temporada no fue mucho mejor que la primera. De hecho, fue la peor de las tres. También en lo que respecta al plano personal. Recién empezada la temporada, una lesión en el tobillo me alejó de las canchas. Tal vez fue una premonición de lo que ocurriría después. O tal vez no. Tal vez solo pienso que fue una premonición como intento para dar una explicación a lo inexplicable.

Un especialista me advirtió de los peligros de la lesión: «Es probable que si vuelves a lesionarte no puedas volver a jugar», me dijo. La noticia me devastó. No había empezado a pensar en el retiro. Para mí no había vida más allá del fútbol. Esa temporada, después de estar casado dos años y medio, también me divorcié.

Mi regreso a las canchas fue mediocre —y digo mediocre por no decir patético—. Fue en un partido en el que perdíamos por tres goles. El técnico me metió como lateral derecho. Mi torpeza para jugar en la banda fue evidente: a los veinte segundos, en la primera jugada, me expulsaron por hacer una barrida con fuerza desmedida. Confundí el balón con los tobillos del contrario. No pude jugar durante los tres partidos siguientes. También me perdí los cuartos de final. Esa temporada llegamos a semifinales. Nos eliminó el caballo negro del torneo. Éramos los favoritos. Pero ese día llovió y el balón corrió más rápido que de costumbre. Esto favoreció al equipo contrario. En un contragolpe, a unos minutos del final, metieron el gol que les dio la victoria.

***

La tercera temporada llegamos a la final y pudimos pelear por el ascenso a primera contra el Bucólicas A.C., nuestro archirrival. El pique histórico entre los dos equipos se trasladaba a la cancha. Los partidos con el Bucólicas solían ser muy duros. Pocos jugadores que habían jugado para el Aquiles habían jugado también para el Bucólicas. La traición, en cualquier caso, se pagaba cara: silbidos de los aficionados, billetes ondeando desde las gradas, *ese* odio perpetuo que se le tiene al guerrero que traiciona.

El Bucólicas había hecho una temporada casi perfecta. Quedó primero de la clasificación y libró la fase eliminatoria sin ningún problema. Nosotros sufrimos más: los cuartos de final ganamos solo por un gol y las semifinales las ganamos en penaltis, gracias al portugués. Durante toda la semana no paró de decir que nuestra suerte era por el rosario: «Los dioses del fútbol están de nuestro lado», sentenció después del partido.

***

La final se jugó a dos vueltas. El partido de ida lo empatamos a uno. Sin importar el resultado, fue un partido emocionante, con muchas oportunidades de gol. Pero en ese partido algo le pasaba a Reinold. Estaba distraído o enfermo, no sé bien, y todos sus cabezazos se iban fuera de la portería o pegaban en los postes. Parecía, pues, que la pelota no quisiera entrar. Era como si todo su olfato goleador, como si toda su vitalidad, como si toda su juventud, toda su magia, se hubieran desvanecido de repente.

En el partido de vuelta fuimos incapaces de meter gol. No sé si hablar de la vuelta sea algo pertinente. A veces, cuando recuerdo ese partido, tengo la impresión de haber jugado en un mal sueño. No encuentro las palabras para dar una explicación. Fue como si nuestros defensas estuvieran bajo los efectos de un somnífero que les impidiera detener al contrario.

El partido lo perdimos por paliza. Todo lo que pudo salir mal salió mal. Nos metieron cinco goles, tiré un penalti al cielo, me lesioné de nuevo el tobillo derecho.

Después del partido ocurrió lo único que podía ocurrir: el equipo se desvaneció, como los grandes imperios. La mancuerna defensiva desapareció de los mapas del futbol. Reinold regresó al Dínamo. El innombrable se casó, tuvo dos hijos y se fue a vivir a Japón. El portugués se volvió un poeta mendicante. A mí no me renovaron el contrato y no volví a jugar.

Yo creo que al final me retiré de las canchas para sanar de mi lesión y de mi orgullo. Nunca he sido supersticioso. Pero tal vez ese día, el día de la final, el portugués olvidó colgar el rosario en el ángulo derecho.

Lo más probable es que ese descuido, esa distracción que parece mínima ante los ojos de un mortal, hubiera hecho enfurecer a los dioses del fútbol.

Fantasmas, muertos y magia negra

Pandora

Pero aquella mujer, al quitar con sus manos la gran tapa de la tinaja
los dispersó y preparó para los hombres tristes calamidades.

Hesíodo

Las historias suelen tener un peso propio, llamado sustancia. Esa sustancia muchas veces es ligera y otras densa. Las sustancias densas son las que se plasman en los laberintos de la memoria, son las que hacen nacer a los fantasmas y construyen, poco a poco, con la meticulosidad con la que una hechicera lanza un conjuro, nuestras particulares cajas de pandora. Estas cajas muchas veces permanecen cerradas por muchos años. Herméticas, inaccesibles. Hasta que un buen día, el mecanismo no soporta la densidad de la sustancia y la caja se abre, involuntariamente, liberando todas las sombras y las pesadillas, fosilizando las cicatrices, haciéndonos, a la vez, más fuertes y vulnerables.

***

La primera vez que me dijeron que iríamos a visitarla, me negué profundamente porque no pude soportar el dolor. Vivía en un recinto a las afueras de la ciudad. Fue cuando supe que muchas de sus historias permanecían bajo el manto de la cordura. Fue cuando supe que también alucinaba. Luego las historias fueron apareciendo poco a poco.

El acontecimiento representó mi primer acercamiento a la locura y probablemente al éxtasis, a ese reino de terror y compasión. Pero entonces era demasiado joven para comprender la geometría de los espacios. Entonces, digamos, era demasiado ingenua. Las personas que la conocían de cerca me dijeron que había enloquecido por los efectos de una planta. Pero yo intuyo que mentían para protegerme. Para protegernos. Por eso creo que muy pronto aprendí la saludable costumbre de desconfiar de las personas.

***

Al poco tiempo volvieron a insistir con que fuéramos a verla. Esta vez accedí a regañadientes. Resignada, me subí al coche. Intenté dormir durante el trayecto, pero los paisajes que pasaban por la ventana me lo impidieron. Cuando llegamos, el recinto me pareció como una especie de oasis que hubiera sido poblado por un millar de hombres y poco después abandonado. Un oasis muy solitario y descuidado. Se sentía una mezcla extraña de tranquilidad y aislamiento.

La casa en donde vivía no era muy grande. Vivía con otras personas —otros espectros— que le hacían compañía. Algunos días la dejaban salir al mundo exterior a comprar comida. El resto del tiempo se la pasaba encerrada, bajo el cuidado de especialistas y curanderos. Cuando nos vio, se alegró tímidamente de que estuviéramos ahí. En el fondo debía alegrarse de que no la abandonáramos.

Tenía un aspecto frágil, la cara muy pálida, había descuidado su cuerpo. Balbuceaba con tristeza cada palabra que pronunciaba.

***

Nos hicimos amigas antes de que la encerraran. En mi cumpleaños diecisiete, me regaló una carta en la que hablaba del tiempo, de las multitudes, del baile y de la muerte. En otra ocasión, me regaló una compilación de cuentos. Habiéndola visto tan lúcida, no podía entender cómo había terminado en esos derroteros, cómo se había vuelto tan miserable. Me esforcé en no juzgar los contrastes de su apariencia.

Nos sentamos en una mesa blanca y empezamos a conversar. Sus ojos estaban extraviados, su mirada se dirigía hacia un horizonte inexistente. Me sorprendió que no pudiera prestar atención a lo que decíamos, como si irremediablemente estuviera en medio de nosotras un profundo abismo. Estaba poseída por sus propias reflexiones.

Pasó mucho tiempo antes de que se incorporara a la conversación y se pusiera a contarnos algunas de sus historias de terror. Entró en trance y fijó su mirada en nuestros ojos. Pudimos conocer la expresión de la desesperación.

Nos contó cómo había vendido su cuerpo a unos obreros de construcción. Cómo, en su necedad, había rechazado la ayuda que las personas a su alrededor le habían brindado. Nos contó cómo había traicionado a sus amigos. Su egoísmo la había conducido a una irreparable soledad. Los dioses del Olimpo —según ella— la habían castigado. Nos contó, también, cómo se había cagado en los pantalones en público.

Todas sus historias rozaban ese espectro indefinible que va de lo terrible a lo inverosímil. Era como si constantemente se encontrara en una pesadilla y todas sus intenciones, todos sus dolores y sus historias, todas sus fuerzas, estuvieran en despertarse para calmar las tormentas de su pasado.

***

Después de ese día, las historias de sus visiones solo me llegaron por terceros. Supe que había visto a una virgen en un supermercado, que había empezado a vociferar pasajes bíblicos en mitad de la calle.

Los especialistas dijeron que eran brotes psicóticos y le prohibieron que tuviera contacto con la gente. Le recetaron pastillas y la confinaron al encierro. Su locura la mantuvo al margen de nosotras por un tiempo.

Supe que al salir del recinto se enfermó gravemente. Por fortuna, la enfermedad no la mató. Solo la hizo más débil.

Después de esa vez, la vi dos veces más. Nuestra interacción se redujo a la cordialidad que producen los alejamientos. Lo último que supe de ella fue través de mi hermana. Me dijo que era feliz. Que su comportamiento era infantil. Que le era imposible razonar, hilar ideas. Que casi no podía mantener una conversación. Que las probabilidades de que volviera a estar sana eran muy escasas.

Cada cierto tiempo me da por pensar en las cajas de pandora. En cómo en un espacio tan pequeño pueden habitar sustancias tan densas. Cada cierto tiempo me da por abrir alguna, involuntariamente. Por razones que desconozco, siempre la encuentro a ella, como reflejo y como luz. Tan vulnerable, tan lúcida y podrida, nadando codo a codo con sus fantasmas, intentando despertar constantemente de una pesadilla.

El brujo maya

Para Victoria y Nana

La intuición de que Balam tenía algo de sobrenatural siempre la tuve. Los dos éramos jóvenes y estábamos perdidos en los laberintos de la incertidumbre. Él se iniciaba en los oscuros y extraños pasadizos del amor con un marinero francés. Yo terminaba mis estudios universitarios. Fue una verdadera coincidencia que nos encontráramos. Más aún que nos volviéramos amigos.

Después él volvió a su país. Yo me quedé en Barcelona unos meses más.

***

Lo primero que me llamó la atención fue que se hiciera llamar Ismael. Optaba por un nombre «más occidental», menos extraño. Se hacía llamar Ismael —luego descubrí— para ocultar el misticismo de sus apariciones.

Nunca había vivido fuera. El hartazgo o la asfixia que produce la cotidianidad lo llevaron a probar vivir un año en Barcelona. Mis circunstancias eran parecidas. Recién salía de una relación con una colombiana que era un trompo autodestructivo. De alguna manera, también estaba huyendo. Pero esto lo supe después.

Sin mucho éxito, había buscado trabajo por varios meses. Finalmente, un restaurante de comida mexicana me contrató. Los primeros días fueron muy demandantes: debía atender clientes, memorizar la carta que ofrecíamos, obedecer a mi jefa ucraniana.

A Balam lo conocí unas semanas después. Lo empecé a conocer, más bien, de a oídas, por los rumores alrededor suyo, por esas voces vivas que giran en torno a las leyendas. Fue inevitable advertir su aura proverbial desde el principio. Me dijeron que sería mi nuevo compañero. Que era un «tío majísimo», pero misterioso y tímido. Que usaba lentes, que había estudiado ingeniería informática.

Todo esto lo decían con el folclor característico de los españoles cuando se refieren a los extranjeros.

***

El día en el que nos conocimos llevaba una gorra de un equipo de béisbol. Unos lentes de armazón negro enmarcaban sus ojos. Después supe que ese era el disfraz que usaba para despistar a sus perseguidores.

Aunque desconfiados, nos saludamos con una cordialidad familiar. Desde el principio nos supimos prófugos. Eso fue lo que nos volvió cómplices. Una de las primeras cosas que me contó fue sobre una de sus desapariciones. Vivía con una pareja de japoneses que odiaba. Decidió abandonar el piso a las pocas semanas de vivir en él. Por la forma en que lo narró, pude intuir que ocultaba algo. Le pregunté si había matado a alguien. Sonrió para sus adentros y me dijo que no.

***

Después de conocernos, los días siguieron su curso natural: ocho horas de jornada laboral intensa, dos días de descanso, salario mínimo europeo. El trabajo no estaba mal. Lo más difícil era soportar las exigencias de nuestra jefa ucraniana. Su meticulosidad obsesiva me ponía nervioso. Balam, en cambio, tenía una templanza ejemplar para soportarla: la paciencia milenaria del hechicero experimentado.

Así, no tardamos en acostumbrarnos el uno al otro y terminamos formando una mancuerna encomiable. Nuestro rotatorio era sinérgico, sencillo, especial. Mientras uno salía a repartir la comida a los pisos del barrio, el otro se quedaba atendiendo a los clientes.

Su verdadera naturaleza afloró después.

Concretamente ocurrieron dos eventos.

El primero durante una noche en la que llovía. Tuve que hacer un reparto. Cuando llegué al piso correspondiente, me encontré con un viejo convaleciendo. Se retorcía en una camilla que lo transportaba al hospital. Le conté a Balam que el viejo probablemente se moría. Por alguna razón, quizás por el hecho mismo de que Balam habitara en un territorio diferente al de los mortales, ni siquiera se inmutó.

El segundo evento tuvo que ver con unas monedas. Balam regresó con ellas después de un reparto. Eran monedas brillantes, parecían de un tiempo diferente al presente, como si no hubieran quedado oxidadas por el sudor de manos humanas. Sentí envidia de que cargara con ese tesoro: ¿de dónde lo habría sacado? También sentí una atracción descomunal, una necesidad de quitárselas cuando me las enseñó.

Del marinero francés no supe hasta después. Cuando me contó la historia, adoptó una extraña normalidad terrenal.

Trabajaba para ganar dinero y poder viajar con él. Su forma de hablar me empezaba a sonar exagerada. Parecía turbado por algo. Al poco tiempo de hablarme de esto, renunció con un estrambótico comportamiento. Nunca lo había visto comportarse así. Era como si su paciencia milenaria se hubiera agotado de repente: «Ten cuidado —me advirtieron— ya no podemos confiar en Balam».

***

Después de la renuncia apareció por el restaurante un viejo recitando versos de un poeta portugués. Su cara parecía que se derretía. Su nariz, descolocada, deforme, improbable, era prominente. Sus ojos eran cuencos que albergaban un vacío incomprensible. El viejo preguntó por Ismael. Mentí. Dije que no sabía nada: «Ismael está metido en algo muy peligroso, de dimensiones inexplicables —me dijo de forma críptica—. Mucha gente alrededor del mundo *lo busca*».

Volví a ver a Balam al final del verano. Estaba más pálido que de costumbre, «más occidental». Era como si un demonio le hubiera chupado toda su vitalidad y su juventud. Era como si hubiera desgastado toda su energía en un conjuro o en un viaje.

No mencioné el acontecimiento. Me pareció imprudente dadas las circunstancias. Esa vez hablamos de muchas cosas: de vidas pasadas, de literatura, de fútbol griego, de cómo la muerte estaba constantemente acechándonos.

De todas las cosas que nos contamos, recuerdo sobre todo la historia de un motociclista que moría en una carretera: «La muerte siempre es dueña del tiempo», sentenció en algún momento.

Esa fue la última vez que lo vi.

Desapareció sin que pudiéramos despedirnos.

***

Hace unos días, después de un periodo significativamente largo, volví a saber de Balam por medio de un correo electrónico. En él ponía lo siguiente:

> «Soy Balam, te escribo porque hace tiempo no tengo noticias tuyas. Desde que perdí el móvil en Barcelona no he podido conectarme al mundo.
>
> Por suerte tenía bien guardada tu dirección. Lamento no haberte podido escribir antes; mi constante actividad, mis constantes desapariciones, fueron casi inmediatas cuando regresé a esta ciudad. He estado muy ocupado y el tiempo libre que me sobraba ahora se ha extinguido».

Le contesté con una mezcla de preocupación y felicidad:

> «Me dio gusto recibir tu correo; a estas alturas había empezado a pensar que algo catastrófico te había pasado. Intenté mandarte un mensaje de texto, preguntar por ti a las personas en común. Pero nada dio resultado. Parecía que hubieras desvanecido para no ser contactado por nadie».

Durante los primeros días de octubre di azarosamente con el significado de Balam en una enciclopedia virtual. Esto iluminó algunas de mis conjeturas. En maya, Balam significa brujo o guardián, ser sobrenatural. No me parece del todo improbable que Balam haya vuelto a desaparecer.

Los cincuenta y seis días que conviví con él hicieron que me acercara —con cierto fracaso— a descifrar su naturaleza, sus viajes, sus desapariciones.

La historia del marinero francés, la historia del motociclista y la historia que compartimos son una misma historia, pero en tiempos diferentes. En ellas, Balam no solo es el protagonista, sino que también el amor en el primer caso, la muerte en el segundo y la fuerza en el tercero.

El verdadero Balam, el Balam de carne y hueso, por decirlo de algún modo, habita en otra tierra, quizás más antigua y más bárbara, más lejana, llena de sacrificios humanos.

El país de los muertos

...al poco tiempo de andar en eso, uno se acostumbra a ver muertos.

J.E. Pacheco

Sucedió en la capital de un país del que mucho se habla y poco se sabe. Nadie nunca supo nada de este país sin nombre. Ni de su capital, ni de sus habitantes. Hasta que un día un vendedor ambulante, de esos que montan sus puestos en la calle y alimentan con su voz el folclor urbano, se puso a vender muertos.

En su puesto, uno de los más coloridos de la cuadra, se ofrecían, según un cartel, los mejores muertos de la zona, de la ciudad, de todo el país: «Llévelos, llévelos —anunciaba el vendedor—. Los muertos más muertos del país, los mejores muertos del mundo».

Cuando los demás vendedores lo vieron empezar la jornada se rieron a carcajadas. Cómo era posible que, en esta época, en estos tiempos difíciles y precarios, alguien se pusiera a vender muertos. Así de fácil, así nada más.

Uno de los más escépticos, entre riendo todavía, se acercó para preguntarle por las razones del negocio. A lo que el vendedor, con aires de vidente, de valiente o de chamán, le contestó: «Es lo único que se venderá en esta época. Así como diciembre es de mandarinas, este año será de muertos».

***

Para sorpresa de todos, el negocio al poco tiempo prosperó. La gente empezó a comprar más y más muertos. El primer impulso fue el de la curiosidad. Pero después este se ramificó.

Había personas que compraban muertos para decorar las casas. O aquellas que lo hacían simplemente para llenar huecos en la tierra, como una especie de ritual. También había quienes adquirían muertos como amuletos de la suerte. O los que compraban muertos por el simple hecho inverosímil de gastar dinero. O los que, a falta de recursos económicos, no podían comprar uno completo y para los que nuestro vendedor, con su gran espíritu social, tuvo que mandar a mutilar y vender por partes, de acuerdo a sus posibilidades.

El negocio tuvo un éxito inmediato. En pocas semanas, con prácticamente el monopolio del producto, nuestro héroe logró vender cerca de ochenta mil muertos. Los noticieros, las redes sociales, los periódicos y todos los medios de comunicación no dejaban de hablar del tema, de contar una y otra vez la historia increíble del vendedor de origen humilde que tuvo una genial idea y se hinchó los bolsillos de millones.

Aquellos que en un inicio se habían burlado de la ingenuidad del vendedor, empezaron a hacerle competencia y se pusieron, rápidamente, a vender muertos también. Pero ya la gente se había deslumbrado con el original. Además, la evaluación de algunas voces expertas era que la calidad no era la misma: «Solo hay que fijarse en los ojos, en las manos, en los corazones —decían en un programa de televisión— para que uno se dé cuenta de que, en efecto, unos son mejores que otros».

Así, el gobierno del país sin nombre, con una perspicacia ejemplar, en lugar de investigar de dónde salían tantos muertos, aprovechó la oportunidad para comprar clandestinamente muertos al por mayor.

Esto tuvo repercusiones inmediatas: el fenómeno, en principio insignificante, de dimensión apenas local, y para algunos un disparate pasajero y fugaz, se expandió por todas partes. Los muertos se pusieran de moda y uno se los podía encontrar por doquier: en los puentes de las calles, en las plazas públicas, en los supermercados anunciando productos para pelo.

***

Un día, el presidente, con orgullo de león y bandera en mano, salió a declarar desde un balcón el dos de noviembre como el día de todos los muertos. El acto recibió el aplauso de una multitud enfebrecida y llena de esperanza. Pasadas las solemnes declaraciones, no pasaría mucho tiempo antes de que una empresa se hiciera cargo del puestito. La demanda había sobrepasado a nuestro héroe, quien ya no podía complacer a sus clientes por ser tantos.

Esta nueva visión empresarial no fue catastrófica. Al contrario: el país sin nombre poco a poco se llenó de más y más muertos. Se hicieron campañas promocionales, comerciales de televisión, películas de superhéroes y canciones. Todo eso hizo, por supuesto, que las personas quisieran ser parte del fenómeno y querer más muertos sin siquiera necesitarlos.

Para satisfacer los deseos del pueblo, el gobierno, con la misma perspicacia del principio, con la misma audacia y estrategia, con la misma entereza y la misma increíble capacidad para actuar en los momentos difíciles, decidió formar con la empresa y el ejército una alianza, que se llamó ingeniosamente Triple Alianza. Además, se inventó una guerra. Todo para satisfacer la demanda frenética. Pero como dicen los sabios llenos de dichos: les salió el tiro por la culata. Muy pronto el país sin nombre se llenó de más muertos que de vivos, de más productos que consumidores.

Iniciada ya la guerra, en medio del caos y del desastre, de la barbarie, las personas se dieron cuenta de que podían matar por cuenta propia y con sus manos generar sus propios muertos, algo que ciertamente empeoró la situación.

***

«No hay peor cosa que un pueblo con iniciativa —diría el presidente en la reunión de Estado—. Debemos rectificar la situación de inmediato, volver a la normalidad, a la paz, terminar esta locura».

Nadie le llevó la contraria cuando tomó la decisión de promulgar una ley que impidiera la venta de muertos. Ni siquiera el representante del sector empresarial que perdería millones porque, a falta de recursos, había empezado a acercarse a inversores orientales.

Así, con el aval del congreso, queriendo arreglar las cosas y reconocer sus errores, el presidente intentó apagar una mecha encendida, dar marcha atrás a una estrategia mal pensada, a una guerra sin sentido. Pero cuando la resolución fue aprobada por la cámara legislativa, ya era demasiado tarde: todo el país se había convertido en una fosa de muertos y de la población solo quedaban funcionarios, empresarios y soldados.

Años más tarde, después del incidente catastrófico, en otro acto oficial y de consideración universal, la UNESCO declararía, con mucha nostalgia hacia el folclor, pero con mucho orgullo por el título, al país sin nombre como Patrimonio de la Humanidad, como lugar de todos los muertos.

Los turistas que ahora viajan son los únicos habitantes nómadas de este país. Además de los sitios arqueológicos y de los extraordinarios paisajes, siempre visitan el puestito del vendedor donde empezó el fenómeno convertido en mito, uno de los *redspots* más famosos del planeta.

Cuando regresan a sus respectivos países, en diferentes lenguas, suelen contar la misma historia, la misma experiencia que produce escalofríos. Contrario a lo que puedan contar o escribir al respecto, el país de los muertos nunca ha quedado completamente vacío.

El despertar del elefante

Para Pedro

De repente, por la ciudad empezaron a aparecer objetos gigantes de diferente naturaleza. Nadie sabía muy bien de dónde provenían o qué hacían en los lugares en donde habían aparecido. Simplemente habían aparecido, así como así, de un día para otro, como por arte magia.

El primer objeto lo encontró Ángela entre las columnas neoclásicas de la universidad y había expresado su enojo porque el dichoso era estorboso y de dimensiones inexplicables. Además, decía, el objeto iría a interferir con la solemnidad de los actos oficiales de los siguientes días: «Es una catástrofe», dijo. Y no solo eso, sino que atentaba contra la lógica del acomodo espacial y que no cabrían las personas y que cómo así las cosas y que cuánto tiempo y que el porqué de toda la vida.

Ojalá hubiera sido solo ella la que se expresaba. Pero no. Toda persona que veía al animal, sentía una necesidad furiosa de decir lo que pensaba y lo que sentía. Yo creo que lo que pasaba en el fondo era que había una incomprensión absoluta sobre la naturaleza de las cosas. Y aquí me refiero a *esa* naturaleza intrínseca, a *esa* naturaleza que es propia de las uniformidades del universo. Creo que, también, lo que pasaba era que había una incomprensión sobre su proveniencia. Porque al final —razonaba— a la gente no le gustan los cambios. Mucho menos a la gente que lleva viviendo mucho tiempo en un mismo sitio y no han visto cambiar nada.

Las opiniones eran variadas. Los espíritus más imaginativos decían que era un cuerno de la abundancia vacío, una metáfora de la sociedad actual. Los espíritus más científicos, pongamos, decían que se parecía a una oreja humana. Los bromistas, que se parecía a un preservativo que hubiera sido utilizado y desechado recientemente. Nadie arriesgaba a lanzar alguna hipótesis al aire que respondiera a la pregunta de dónde había venido.

Yo, que tengo una costumbre por interferir y luchar por las causas perdidas, me aventuré a teorizar. En varias conversaciones, insistí en que no había que fijar la atención en el objeto mismo —en su estructura, en su color, en su deformación—, sino en el hecho de que hubiera aparecido repentinamente. Argumenté, no sin cierto fracaso, que la mayoría de los fenómenos que ocurren a nuestro alrededor no son más que producto del tremendo azar que rige nuestras vidas, de esa misteriosa consecución ilógica de actos detonados en la diacronía de la historia.

Pero cada vez que discurría sobre estos temas de fundamentación filosófica — cada vez que me abstraía en el ejercicio intelectual de pensar en las causas o en las consecuencias de alguna cosa— la gente se reía o suspiraba de aburrimiento. Me miraban mal y me callaban rápido, de golpe, replicando lo contrario, diciendo que había que llegar al punto, que lo que decía no tenía ningún tipo de sentido. Más que nada porque mis comentarios estaban muy lejos de ofrecer alguna solución práctica del asunto.

Eran, sobre todo, los más urbanistas los que argüían en contra de su aparición. Ya no tanto porque desentonara con el estilo barroco de la catedral o con el estilo neoclásico de la universidad, sino porque, según ellos, interfería con la construcción de algo que sería más utilizado por la gente.

El segundo objeto apareció en la plaza principal de la ciudad a los pocos días. Esta vez la forma era mucho más convencional, mucho más plástica. A todas luces se podía ver a un elefante arrugado que hacía de equilibrista con su trompa. Lo curioso del objeto —lo curioso y también lo escatológico— era que, a la par de las campanadas que anunciaban la llegada de cada hora, el trompudo echaba una especie de gas por su recto. Tal era el ruido que causaba, tal era la incomodidad y la perplejidad que el animal producía, que se generó mucha discordia entre la ciudadanía.

La polémica fue mucho mayor que la anterior. Esta vez, el centro de las discusiones giraban en torno *a lo que salía* del objeto y no al objeto mismo. Si el primer objeto, el objeto de fisionomía indefinida, abstracta, el cuerno de la abundancia vacío, era horripilante y generaba toda clase de sospechas, el segundo era ya socialmente inadmisible, por dios, a pesar de que su forma fuera morfológicamente mucho más reconocible. Los comentarios entonces rozaban el espectro de lo absurdo. Hubo incluso una señora de nariz respingada, cubierta toda de piel de conejo, que comentó que si seguíamos por esos derroteros, que si seguíamos por esos rumbos tan moralmente ambiguos, lo que iría a aparecer después sería un mono circense montado en un caballo.

A Ángela le divirtió mucho más la aparición del animal que la aparición del *quien sabe qué cosa*. Era normal: los actos en la universidad para entonces ya habían terminado y estaba más relajada. Fue gracias a ella que antes de la catástrofe pude contemplar la grandiosidad del objeto. A pesar de la polémica que había levantado, a pesar de los comentarios de ramificaciones disímiles, la gente, sin ningún tipo de previsión de nada, como si de un solemnísimo acto ritual se tratara, formaba semicírculos cotidianos alrededor del animal para tomarle fotos con sus cámaras fotográficas, esperando ansiosas la eyección del gas.

Esto no sucedió con el primer objeto. Más bien, después de cierto tiempo, este había sido abandonado por la atención de los espectadores y nadie le prestaba atención, ni siquiera Ángela, que era la más preocupada. El pobre fue envejeciendo poco a poco y así como había aparecido, repentinamente, desapareció del mapa. El elefante, en cambio, parecía aumentar su tamaño conforme aumentaban sus espectadores curiosos. La gente parecía no ser consciente de la catástrofe urbanística que se atisbaba si el elefante crecía. Ellos, somnolientos y críticos, felices al fin y al cabo con cualquier tipo de espectáculo que pudiera distraerlos, asistían cada hora a elaborar el ritual.

Así, hasta que un día a las tantas, imprevisiblemente, el objeto empezó a hacer un ruido fuerte, extrañísimo, como de bestia milenaria, como de bestia que fuera a estallar por dentro y empezó, también, a echar mucha cantidad de humo por el recto. Tanta que cubrió toda la ciudad y dejó ciegos y atontados a la mayoría de los habitantes.

La bestia al fin había despertado de su letargo y empezaba a andar en cuatro patas, aplastando a todo aquel que se le pusiera enfrente.

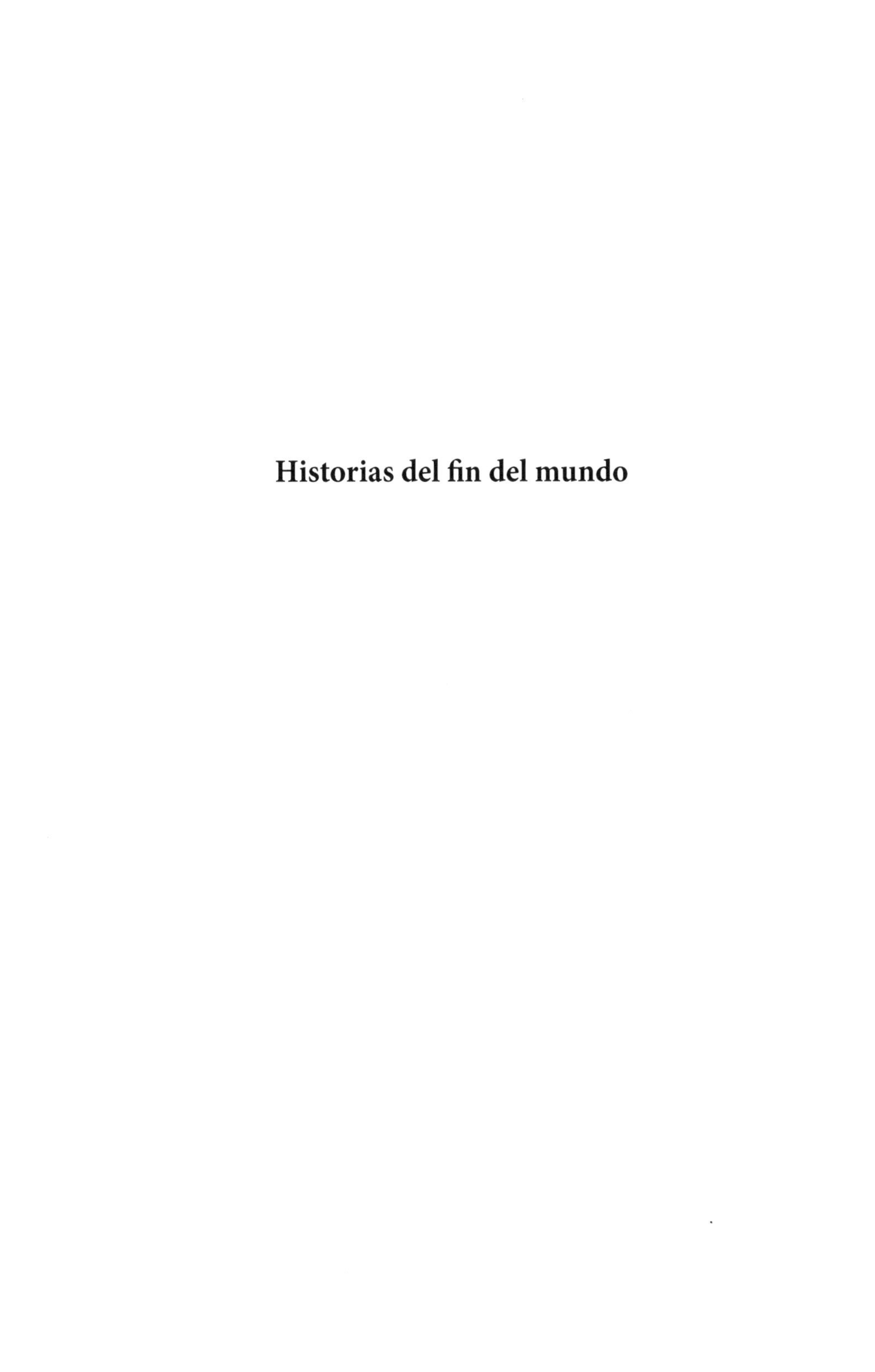

Historias del fin del mundo

La ciudad de Abaddōn

No hay persona en el mundo que no sepa sobre la existencia de Abbadōn. Las enciclopedias, físicas y virtuales, lo refieren como uno de lugares en los que la inhumanidad ha triunfado. Los habitantes trabajan todo el día, mecánicamente, guiados por su instinto animal. Ladran como perros con lo que parecen palabras. Comen a deshoras. Desconocen el placer y beben como forma predominante de enajenación. Gobernantes, viajeros y almas perdidas han atestiguado la perversidad.

¿Cómo puede existir algo así en el mundo? La pregunta resuena en la mente de los eruditos, que no entienden, que buscan en la razón un consuelo para tanto despropósito. Solo los valientes asumen la culpa. Ineludiblemente, nacer humano es nacer culpable de todas las atrocidades humanas. Qué más quisiera yo que esta ciudad fuera un perverso invento de la imaginación. Pero desde hace un tiempo, el ejercicio de mentir supone una fatalidad. Quizás atestiguar el abandono abre esa herida fundamental.

Este tan solo es uno más de los testimonios —quizá infinitos— que hay sobre este lugar que parece sacado del infierno.

***

Todavía recuerdo con frescura la primera vez que visitamos Abbadōn. Nos sorprendieron las casas pequeñas, el polvo de los caminos sin pavimentar, que las noches fueran gélidas. Ellos, los otros, los habitantes de Abbadōn, sonreían, si sonreían, con los dientes podridos y naranjas. Se paseaban por las calles desnudos y, a duras penas, podían elaborar un saludo o una oración lógica. No pasó mucho tiempo antes de las clases. Pero ¿se puede educar a un salvaje? O mejor aún: un salvaje *¿necesita* ser educado?

Las respuestas las obtuvimos pronto. Después del trabajo, la fuerza y la amenaza viril constituían sus *modus operandi*. Utilizaban armas de fuego para defender su territorialidad. Nosotros, idealistas aún, jóvenes con la intención de cambiar el mundo, pretendíamos enseñar la ética Aristotélica, el orden del Sistema Solar. No sabíamos que la religión, falsa extensión de la idea de dios, la política, falsa extensión de la idea de democracia, y la violencia, falsa extensión de la idea de poder, ya se habían impuesto como paradigmas morales.

Los habitantes de Abbadōn creían en un Dios todopoderoso. Ellos dejaban a su merced cualquier cosa que ocurriera, buena o mala. Si mataban, si destruían, lo hacían desde el determinismo. Alguien más, y no ellos, era quien les decía qué hacer y eso lo justificaba todo. Lo mismo ocurría con la política. Los gobernantes proporcionaban comida a modo de trueque. Convertidos en números, los habitantes de Abbadōn no eran más que meras estadísticas. Ellos no se daban cuenta —lo terrible en realidad era eso, que ellos no se dieran cuenta— de que su animalidad, su existencia, sus acciones, estaban determinadas por otros. ¿Eran bestias por no tener consciencia de que otra vida era posible?

Violaban mujeres y el maltrato impositivo hacia los niños era frecuente. Mataban a quien percibían diferente. En algunos archivos se han encontrado pequeñas notas sobre estas prácticas salvajes. Su método de tortura empezaba con el encierro. Al encerrado lo agredían, lo privaban de luz solar y de comida antes de que muriera de inanición o de alguna patología mental.

***

Sobre cómo se alcanzó este estado de las cosas hay muchas teorías, entre las cuales sobresale una por lúcida. Anterior a este orden del terror, Abbadōn habría sido una ciudad hiper-desarrollada. En ella hubo progreso. Hubo, también, avances tecnológicos sin precedentes. No había política ni gobernantes por considerarse innecesarios. Todo trabajo, intelectual o físico, quedaba en manos de las máquinas. No se usaba el dinero por considerarse abominable. Todas las personas de Abbadōn eran literatas o políglotas y ejercían con absoluta libertad su relación con el mundo y las cosas del mundo. No había regulaciones, ni restricciones. Nadie era pobre en Abbadōn por la sencilla razón de que la palabra *pobre* no existía en su vocabulario.

No se sabe a ciencia cierta muy bien dónde o por qué se torció todo. Ni el detonante antes de que adviniera el desastre. Los arqueólogos, hoy día, estudian huesos humanos y objetos antiguos que quedaron enterrados a las afueras. Se sabe que la característica principal del hombre-masa no es su brutalidad, sino su aislamiento y su falta de relaciones sociales normales. Más aún: que el mayor mal perpetrado es el mal cometido por personas que se niegan a ser personas. Pero los habitantes de Abbadōn ni siquiera poseen un sentido de humanidad. No se relacionan con su entorno. Por la pobreza de su leguaje viven ensimismados, idiotizados, esclavos de una violencia que ellos mismos han construido.

Algún espíritu imaginativo ha desarrollado alguna historia sobre lo que pasó en Abbadōn. Suele ser común que la involución y la barbarie emanen como imperativos categóricos opuestos del desarrollo. Producto de la obsesión que tuvieron en algún momento por la libertad y los avances tecnológicos, todo en Abbadōn empezó a encontrar un cauce de maldad y declive. Se relegó lo duradero por lo perecedero. El sexo se volvió un vicio. Se sustituyó el criterio por la celeridad. Toda forma de arte se destruyó por considerarse inútil e improductiva. La guerra se justificó como un juego.

***

En alguna de las ponencias a las que he asistido, no sin un poco de recelo, se ha discutido acabar con esta ciudad lo más pronto posible, borrarla del mapa y, en definitiva, de la historia del mundo. El procedimiento sería sencillo: implica tratar a estas bestias como una plaga, como una enfermedad, como un cáncer de irremediable tratamiento.

Se suele recurrir al pasado, que siempre es aleccionador. La conquista de América, los genocidios en África y la exterminación en masa de judíos son solo algunos de los ejemplos que se usan como guías morales para desarrollar una estrategia que pueda dar alguna solución al problema. Todo con el fin de contener el daño y evitar futuros contagios.

Otras opciones, más efectistas, plantean que lo que hay que hacer es aprovechar la fuerza productiva de la ciudad, sacar a los niños y a las mujeres, y usar a los hombres únicamente como bueyes.

La última resistencia

La loca de Canterbury es la última mujer anarquista que queda en el mundo. Con un fin historiográfico me otorgaron la humilde tarea de retazar su historia.

El imperialismo digital se ha impuesto sobre la época. Las redes y la hiperconectividad gobiernan vidas y experiencias. Existir como imagen, en el anonimato, es aceptar, de forma extrema, un contrato ineludible: no somos más que la idea que alguien más tiene de nosotros. Esto sucede en el mundo real. En el mundo virtual es imposible saber si esto pasa. La consciencia que ahora hemos construido es una, la misma.

Los fundadores del *Newworld* debaten furiosamente, alrededor de una mesa redonda, cual caballeros medievales: «¿cómo alguien puede preferir el dolor de estar vivo?» Siempre surge el mismo argumento: la evasión supone el acto revolucionario por excelencia.

Bajo el eslogan de *Trasladar nuestra consciencia a un mundo mejor*, ellos, innovacionistas ante todo, se presentaron en su momento como utopistas. El tiempo en el mundo real —o *real time*, como le llaman— pronto quedó relegado al necesario. Permanecer conectados a la realidad virtual supuso uno de los paradigmas del momento. Eso lo cambió todo. Trabajar, hacer la compra, comer, fueron pronto consideradas actividades obsoletas. Si se había creado un mundo nuevo era precisamente por algo: desechar todo lo incómodo.

***

Con el avance de esta nueva tendencia, se prohibieron las *negative emotions*. Estas nos hacían despreciables, débiles, inoperantes. No había espacio para el enojo, la frustración, la ansiedad o la tristeza. La filosofía halló en el superhombre un modelo a seguir. La ciencia de la dopamina encontró, finalmente, lo esencial para curar cualquier tragedia.

En este lugar irreal no había ni guerras, ni pobreza, ni cataclismos ambientales. El inglés era la lengua franca y todas las demás lenguas habían sido despreciadas por inútiles y absurdas. Todo era paz y armonía. Carentes de ego, todos los seres humanos eran iguales. Todos recibían la misma atención, el mismo cuidado. El panteísmo, el amor al prójimo y las *good news*, predominaban como praxis espirituales y vitales.

Ante la magnitud esplendorosa de un mundo así, surge la pregunta obvia: ¿cómo la loca pudo resistirse, rechazar la dulce miel del *locus amoenus*?

La psicología, ciencia en decadencia, todavía no ha encontrado una respuesta satisfactoria. Quien se opone a las tendencias corre el riesgo de ser considerado degenerado mental. Pero las acciones nunca pueden leerse como aisladas. Ello sería caer en la fatalidad del inmanentismo. Un grupo de escépticos, intelectuales de izquierdas, esquizofrénicos, la acompañó desde un principio. Su concepción, su lucha, su razonamiento, era el siguiente: la virtualidad es peligrosa porque supone autoinducirnos y condenarnos al autismo.

No hay traición que no provoque divisiones irreconciliables. Después de perder a su mujer en una sobredosis de ansiolíticos, uno de los líderes del movimiento pidió su traslado al mundo virtual. Muchos lo siguieron bajo la premisa de que aturdir el dolor era, sin duda, mejor que sentirlo. Aunque de proposición sugerente, la loca resistió. A ella la abandonaron sus hijos, varones ambos, jóvenes académicos conductistas, infelices trabajadores del estado, y su esposo, famoso director de teatro. Pero ella resistió.

Convivimos poco. Eso bastó para escucharla sentenciar que no estaba dispuesta a sacrificarse por seguir una tendencia idiota. No creo que exagerara. Más bien era fiel a unos principios que había construido como suyos. Al final: ¿qué es la vida sino un ensamblaje de experiencias acumuladas?

Sobre cómo se hizo de esta postura intelectual hay varias hipótesis: que la loca se había unido al movimiento disidente por despecho y que estuvo en contra de sus coetáneos porque no sabía cómo encender una computadora son las que más predominan entre la gente. Pero esos argumentos se han descartado por misóginos. La única teoría aún vigente dice que la loca nunca estuvo de acuerdo con los planteamientos.

Ella descreía de cierta ideología colectiva. La consideraba vírica, un mal popular que se expandía, cual cáncer, sin remedio. Su resistencia, su subversión, su forma de gritar a los cuatro vientos que no estaba de acuerdo con el espíritu de sus tiempos, fue desaprender todo lo que había aprendido. Hija de internet y del *boom* digital, cuando los traslados de consciencia empezaron a ocurrir, se autoimpuso actos loables como leer y pensar por cuenta propia.

Su oposición fue —y sigue siendo— una invectiva ante la imposición de un nuevo orden mundial. Hubo gente que la despreció. No encomendarse a los nuevos mandamientos tecnológicos implicaba eso. Seducidos por *esa* otra realidad, estos espíritus no tuvieron la misma entereza o valentía de seguir vivos.

Probablemente estas son las últimas páginas que escribo. No sé si actúo bajo mi voluntad o si mi consciencia ya ha dejado de pertenecerme. Seguramente, poco importa. No soy más que una mota de polvo en un vasto universo, una ficción que alguien más ha creado sobre mí.

Aun así, la loca vive y resiste como estandarte de los que aún creen —aún creemos— en las viejas prácticas del mundo. Se niega a morir como postura política, porque morir implicaría dejar de oponerse. Ella vive gracias a un respirador artificial, refugiada en uno de los pocos espacios reales aún habitados por humanos: un departamento inhóspito, oscuro, decrépito y solitario, en lo que antes, cuando los nombres y los lugares existían, cuando los nombres y los lugares estaban provistos de etimologías y de sentido, se llamaba Barcelona.

La academia Carter

Esta historia quizás sea parte de la mitología universal. No hace falta remitirme a generalidades amarillistas. Los medios de comunicación ya cometen esas atrocidades. Me gustaría tener la capacidad del olvido, pero la perversidad me abarca. Que se me juzgue, si se quiere, por obstinado: todos hemos sido culpables de defender causas injustas.

La distancia crea paradojas perceptivas. Nadie pudo anticipar los daños del nacismo. Solo un descerebrado —o un genio— es hoy capaz de negarlos. Nuestra estupidez estriba en no prever los peligros de nuestra naturaleza. El conductismo fracasó por no llevar a sus últimas consecuencias los experimentos de Pavlov. Ocurrieron los juicios de Abbadōn y varios investigadores desistieron. Los más fieles, en cambio, lo arriesgamos todo. En varias notas de los congresos organizados al margen de la oficialidad, se leen sentencias destacables, de entre la que destaco la siguiente: «La perversidad es el resultado de la incapacidad de razonar». Bajo este precepto se fundó la Academia Carter.

Yo llegué en el año 23. Una calle empedrada, custodiada por naranjos, en el barrio más industrial de lo que antes era Barcelona, llevaba a un sitio que se ocultaba detrás de una persiana de acero. El encargado de recibirme fue un ex militar norteamericano. Había luchado en la guerra de Irak, un rosario colgaba de su cuello.

En la habitación había fotos de otra época. En el escritorio reposaban un cuchillo y unas tijeras largas. Desde un sillón de terciopelo negro, con una postura erguida, férrea, imponente, me entrevistó. Llegaba referido por mis contribuciones a ciertos experimentos en la Universidad de Nottingham. «Nos ha gustado mucho tu currículum», me dijo. La conversación fue corta, precisa. No hubo espacio para digresiones o preguntas personales. De inmediato, me explicó el funcionamiento del lugar.

***

La ratio de profesores-alumnos era de tres a uno: tres profesores por cada alumno. Cada profesor tenía una función distinta, específica: de registro, de estimulación y de instrucción. El conjunto de profesores llevaba el nombre de *Triple Alianza*. El término, me había explicado, era un término utilizado en la guerra para referirse a la organización de escuadrones.

En la academia solo se admitían varones. Como requisito de entrada, los nuevos ingresantes debían realizar una prueba mental y física. Saber matemáticas, lógica modal, gramática universal, era indispensable. Una vez admitido, se sometía al estudiante a una nueva conceptualización del mundo.

Se le pedía, en primer lugar, que desaprendieran lo aprendido. Que vaciara su mente de toda la basura proveniente del exterior. Renunciar a *esa* idea de mundo era renunciar también a la idea de mundo que contenía la palabra *libertad* o la palabra *identidad*. Así, desconocer las enseñanzas de la literatura o de la filosofía se traducía en algo positivo; desconocer el orden, las ciencias naturales o físicas, las victorias imperiales de Occidente, en algo negativo.

La premisa educativa era concreta: reeducar, mediante el olvido y la reinterpretación de la verdad, a las nuevas generaciones de hombres-masa.

***

Las aulas, todas numeradas del uno al cien, estaban divididas por niveles. El blanco predominaba. No había ningún objeto figurativo a la vista. No había ni relojes, ni pupitres, ni pizarras por considerarse distracciones del pensamiento positivo y superior. Las jornadas de enseñanza eran intensas y breves. Las clases se organizaban por niveles.

Los alumnos de los niveles más bajos recibían estímulos más débiles —o lo que llamábamos *weak stimuli*—. El reforzamiento de estos estímulos seguía la siguiente lógica algorítmica: si las respuestas del alumno eran óptimas, el estímulo positivo era un sonido agradable y placentero; si la respuesta del alumno no era óptima, el estímulo recibido era un sonido desagradable, estridente, confuso. Conforme aumentaba el nivel del estudiante, los métodos eran más severos, más salvajes. Se encerraba y se privaba de luz solar, de comida y de sueño, a todo aquel que se equivocara.

La rebeldía, la desobediencia, tenían los castigos más severos: la flagelación y la represión por medio de choques eléctricos. El fin último de todos estos actos era suprimir la individualidad, masificar el pensamiento, hiperracionalizar la conducta y agudizar los sentidos. Esta era la única manera de enderezar a los hombres en sus vicios actuales.

***

Nuestra misión siempre fue adiestrarlos para que estuvieran a la altura de la sociedad actual. Una vez desaprendido lo aprendido, se les enseñaba el nuevo vocabulario que debían emplear para referirse al mundo: *criptomonedas, capitalizar inversiones, precios del petróleo, economía fluctuante*. Para esto, se empleaban diferentes técnicas. Se les enseñaba videos en donde el ser humano, en su libertad absoluta, cometía atrocidades y genocidios en pro de la igualdad. Cuando el alumno era reticente o cuestionaba los métodos o los convencimientos a los que era sometido, se aplicaban técnicas de tortura; destacaban la flagelación o la ingesta de productos químicos como los más perversos.

Llegados al nivel más alto, en una especie de ritual, se pedía concretamente al alumno abandonar su humanidad por completo, asumir su vulnerabilidad en el mercado, raparse la cabeza y convertirse en uno con todos.

***

Para llegar a dominar, para poder reproducir el método, los nuevos profesores teníamos un entrenamiento previo. Este entrenamiento duraba dos meses. Al final, se nos pedía hacer un examen y una clase de prueba. Yo operé en la academia durante muchos años. De hecho, me llegaron a ascender al grado de profesor investigador. Sin embargo, al poco tiempo de esto, la prensa publicó las investigaciones sobre nuestro trabajo. Había ocurrido lo impensable: los espíritus morales de la época despertaron, como elefantes, de su letargo, de su fastidio. Nunca supe si el agravante fue provocado por alguno de los alumnos que pasaron por la Academia o no.

Finalmente, a todos los involucrados se nos juzgó, no solo por dementes, sino también por cientificistas, por burócratas, por criminales.

No hace falta defender aquí mis actos, que sin duda pasarán a la historia. Soy fiel creyente de que el instinto humano es uno y el mismo. Que en el fondo todos buscamos líderes o guías que iluminen nuestras oscuridades.

Las bestias que albergamos dentro anhelan ser despertadas y solo la inteligencia, el raciocinio, la disciplina y la ciencia son capaces de aplacar toda nuestra perversidad.

La bestia indefensa

Lo vi por primera vez en el metro Diagonal. Subió temblando debido a lo que parecía una enfermedad mental. Yo iba de camino a un lugar que ahora importa poco. Su cara parecía que se derretía. Su nariz, descolocada, deforme, improbable, era prominente. Sus ojos eran cuencos que albergaban un vacío incomprensible. Unas gafas de empaste rojo y grueso le daban una apariencia intelectual, seria, imperturbable. Caminaba despacio, encorvado, murmurando improperios. Se movía zapateando, como bailando arrítmicamente. Era lóbrego y, hasta podría decirse, esperpéntico.

Cuando subió, fue visto por las personas de su alrededor como una monstruosidad. Solo las mentes superficiales juzgan la apariencia. De todas las cosas, su apariencia era lo menos monstruoso. Se acercó a mí porque realizaba una actividad obsoleta con un objeto obsoleto. El tiempo suele producir esos efectos. Desde el principio sentí cómo su acercamiento había sido pausado y terroríficamente medido y calculado. Después de salir del metro, me dijo que nos volveríamos a encontrar. Esa premonición, que juzgué improbable, la entendí después.

***

Una conjunción de eventos desafortunados que no tiene caso contar aquí me llevó al lugar en el que habitaba —él lo llamaba casa—. Estaba ubicado a las afueras de la ciudad, cerca de la montaña. La arquitectura, de madera, apenas dejaba entrar la luz solar por unas ventanas quebradas. Todo era crepuscular y decadente. En ese extraño limbo irreal vivía.

Al entrar, lo primero que vi fue una chimenea sin usar, varias sillas descolocadas, comida a punto de echarse a perder para siempre. Había, también, unas fotos que parecían de otra época. Él hablaba —o intentaba hablar— prácticamente lo mínimo para comunicarse.

Me invitó a tomar un café que rechacé cordialmente. Parecía que de antemano conocía mi respuesta, pues no se inmutó por el rechazo.

Nos sentamos en uno de los sillones corroídos del salón. Sus palabras empezaron a adquirir una forma difícil de describir. Entendí, más por los gestos que hacía que por las palabras que intentaba pronunciar, que cada uno de los libros que construían ese espacio en el que él vivía estaban acomodados de forma lógica y precisa, metódica y meditada.

Pronto entendí que leer suponía para Asterión acercarse a su mismidad. Era la forma de conocer sus causas, de ser consciente de que cualquier acto, por insignificante que pareciera, tenía repercusiones inmediatas; era también la única forma que tenía de relacionarse con algo parecido a la realidad. Justamente esa especie de meditación sobre los actos era la que le impedía hablar con la certeza con la que hablamos los mortales.

***

En algún punto de su vida, sumergido en la inaudita tarea de almacenar en su mente todo lo ocurrido y lo ocurrente, su intención —su perdición— fue llevar a las últimas consecuencias lo promulgado por el oráculo de Delfos. Quiso, de forma determinante, «conocerse a sí mismo». Primero optó por la ciencia de la psicología. Esto le dio un acceso prácticamente inmediato a ciertos recuerdos de la infancia. Saber que de pequeño había sufrido abusos, relacionar eso con su misantropía, con su deformidad, con su incapacidad ya no de ser normal, sino de relacionarse, había sido insuficiente.

Su ambición, que en el fondo no era otra cosa que una evasión, estaba en querer conocer cada una de las concatenaciones históricas que llevaron a sus padres a procrear. No bastaba con saber que su bisabuelo había sido soldado en Irak. O que este se hubiera enamorado de una anarquista. Estos eran acontecimientos banales. La pretensión de Asterión era buscar la causa primigenia, ir hasta el fondo del todo, encontrar en los detalles la herida original. Esta misión lo llevó a registrar bibliotecas enteras, a no perder tiempo en la fugacidad del amor o del deseo.

***

¿Puede considerarse loco quien encuentra sentido en una misión inútil? Cada nueva historia que Asterión buscaba, cada nueva historia que encontraba, cada nueva realidad que descubría, tenía, a su vez, una infinidad de historias ramificadas. Que un ser humano exista es, de por sí, una especie de milagro. Asterión entendió esto como una premisa fundamental. Cada nombre en cada biografía se tradujo así en una interminable búsqueda. Conocerse a sí mismo no solo implicaba para él conocer acontecimientos de su pasado individual o familiar. Él buscaba ser dueño del tiempo, contener todas las multitudes que lo precedían a él y a toda la humanidad.

Poco a poco fue perdiendo la noción de la historia y de la realidad. Si para el hombre corriente *pasado* significaba «lo que fue», una suma de recuerdos, algo asociado a la memoria, para

Asterión tenía que ver con algo colectivo, casi divino. Cada una de las pequeñas y singulares acciones, cada una de las pequeñas y singulares decisiones que cada ser humano había tomado en la historia del mundo fueron conocidas. Pero como la mente humana es ilimitada, las biografías solamente fueron una arista de este arduo ejercicio intelectual. Asterión se dio también a la tarea de conocer los mundos posibles.

Fue así como me enseñó libros en los que se registraban atrocidades y bondades humanas. Libros de invenciones maravillosas. Libros en los que el infinito no era solo una fundamentación filosófica o una excusa de las matemáticas, sino que además era una práctica literaria. Aludió a tramas imposibles, a la literatura como forma de salvación, a autores que le entusiasmaban o que le aburrían; a países convertidos en cementerios, a ciudades apocalípticas, a órdenes religiosas, al Japón; a mercenarios y hechiceros, a brujas y a torturadores; a una vida en hospitales, a la locura y al lenguaje; a cómo ciertos actos funcionan siempre como emblemas de una subversión oculta, milenaria.

Toda esta capacidad, todo este entrenamiento, no vino para Asterión sin consecuencias. Si Alonso Quijano había enloquecido por leer libros de caballerías, Asterión estaba enloqueciendo por buscar desentrañar los misterios de sí mismo y de la humanidad.

Pronto entendí las razones detrás de su destierro y de su aislamiento. En algún punto, tal apertura de mundo, tal afán de comprender y de contener cada resquicio de la mente humana, fuera real o imaginado, le impidió relacionarse con su presente, comunicarse con un lenguaje corriente y cercano.

***

«He leído también esta historia», me dijo balbuceando calmadamente.

Lo dijo con resignación, sin tragedia, como quien acepta que la mano del destino se ha puesto de pronto sobre su espalda, casi de forma irremediable: «La escribió un escritor argentino del siglo pasado».

Estuvimos esperando callados, hasta el amanecer. El sol de la mañana reverberó entonces sobre la hoja de la navaja que había sacado de mi bolsillo.

«¿Puedes creerlo? —le dije a mi amiga Ariadna—. La bestia apenas se defendió».

El innombrable

Aunque ya no viva, la historia de este escritor se hecho famosa en el mundo. Su nombre no importa. Su altruismo de hacer ver las aspiraciones del espíritu humano sí. Tal vez solo lo que hacemos trasciende. Esa duda, faltante de identidad, está grabada en nuestro inconsciente. Por eso titubeamos al hablar.

Cuando no hay certezas, adviene el arte —en este caso, la totalidad del arte— como forma de encontrar sentido, no solo a las oscuridades propias, sino también ajenas. Todo esto quizás pretende ser un mero recordatorio de que no somos más que una mota de polvo en el vasto universo. De que no tenemos una perspectiva privilegiada. Ni de la religión, ni del mito, ni de la política, ni de la moral, ni siquiera de la ciencia o de las letras.

Por mucho tiempo, el innombrable careció de biografía. Como casi todos los humanos del mundo, él también fue un fantasma.

***

Hijo de una época difícil, migrante de migrantes, nació en un país que ya no existe y que acaso no valga la pena nombrar. Resignado a la cruz que el destino le impuso, quizás para convertirse en un Houdini de su tormentosa realidad, empezaría a escribir desde muy joven.

Ni su padre, ingeniero de sistemas, ni su madre, dueña de una compañía de seguros japonesa, entendieron nunca bien su vocación estrafalaria, literaria, creativa. Condenado a no cumplir las expectativas filio-parentales, la escritura forjó un símbolo de su encierro. El lenguaje era, a todas luces, una jaula en la que podía ser libre.

Fue así como pronto entendió lo fundamental: si escribía, no había necesidad de matar a sus padres por desheredarlo, a alguna pareja que le hubiera sido infiel, a algún amigo que le hubiera traicionado. Visto como una comodidad existencial, no había necesidad para salir de su soledad intelectual, siempre ardiente, febril, oscura. Desde su Torre de Marfil la realidad nunca era perversa, dolorosa o apabullante si se construía en la imaginación.

***

Así fue como se dio cuenta de que su destino era cuantioso —acaso interminable, inabordable—. Empezó a ser disciplinado con los tiempos. Se impuso horarios estrictos. Cuando el reloj daba las ocho en punto, café en mano, iniciaba su jornada de trabajo. De los estoicos había aprendido que solo la disciplina conducía a verdaderos resultados. Del protestantismo, proveniente de su familia paterna, cuáles eran las virtudes de un trabajo honesto.

Escribía como un autómata, casi como un descerebrado, todas las mañanas, sin importar que lo que escribiera fuera mediocre o no. A él le interesaba registrarlo todo. Contar hasta el más mínimo detalle de un acontecimiento, de un objeto, de un diálogo.

Después de varias semanas, determinado, hizo lo que todos anticipaban. Se encerró en una habitación, solo, con una computadora antigua, una impresora y paquetes de hojas en blanco. La comida y los cigarrillos se los traían desde fuera. Bebía poca agua y dormía dos horas al día. Era definitivo: el innombrable, asimilando una soledad casi monástica, había decidido abandonarse a la locura, convertirse en bestia.

***

Toda esta actividad desenfrenada, toda esta exploración exhaustiva, produjo notas imposibles de interpretar. Uno encuentra, por ejemplo, hojas enteras con oraciones del tipo: *ba aba baba; aba abba abbba; aba aabaa aaabaaa*. También es posible encontrar secuencias que parecen tener sentido, pero no lo tienen: *ideas verdes incoloras, historia del mundo*, etcétera. ¿Estaba el innombrable anticipando un libro ilimitado? No es posible saberlo.

Aun así, entre todos los papeles, entre todo ese basurero creativo, hay algunas historias que se salvan. La voz popular y los teóricos concuerdan. Estas obras habrían sido vagos experimentos vanguardistas por trazar una Pequeña Historia Universal del Mundo. No se conoce si fueron publicadas. Lo más seguro es que no. La industria editorial menguaba. Era prácticamente imposible encontrar que alguien apostara por un escritor novel, brillante y lleno de ambición.

Es natural suponer que el innombrable se obsesionó con el universo y con las ideas y perdió contacto con lo práctico y lo cotidiano. Si los objetos eran para muchos un hábito o una rutina, para él debieron convertirse en el resultado de algo abstracto, histórico. Un paquete de tabaco, entonces, habría de dejado de ser solo eso, *un paquete de tabaco*. Sería, más bien, el resultado de que la humanidad hubiera descubierto la agricultura, de la conquista de América. Porque su vocación se lo exigió, se obsesionó también por la gramática y la filosofía: por esa extraña concepción de que todos, desde que nacemos, somos esclavos de cierta estructura y de ciertos conceptos.

***

Es indudable apreciar en sus escritos que su pretensión nunca fue solo ser un autor universal, sino que buscaba ser *el* autor universal. Que todo lo imaginado a lo largo de la historia, en todas las culturas, por toda la humanidad, confluyera en un mismo espíritu, difícil de concebir hasta ahora. Porque al final la historia es vasta y al mismo tiempo ínfima, es razonable creer que todo lo pensado —que todo lo escrito, que todo lo imaginado— ha sido pensado, escrito e imaginado por alguien más. Esta percepción, en alguna época de algún tiempo remoto, confluyó en un mismo espíritu.

Capaz de hablar por todos, por ser atemporal y eterno, las extravagancias misántropas de este individuo no disponen más que de un punto arquímedeo y abren la posibilidad de renombrar las cosas. Tales actos, que son inmensos, tal compromiso, que es inquebrantable, tal locura, que es inigualable, hacen que seamos conscientes nosotros, los modernos, de que estamos sin raíces, navegando en archipiélagos de mundo y de historia, a sabiendas, quizás, de que en el desencanto ya no hay brújula ni oriente, no hay más rutas ni trayectos, ni tampoco, mucho menos, metas preestablecidas a las que arribar.

Pensamientos de personajes imaginarios

El presente como regalo

Viene de ser que dice que fue aquel que nació y que tuvo consciencia no solo de haber sido sino de que será. A veces no hay advertencias y las cosas ocurren en segundos, todo cambia de pronto. Estás vivo, estás muerto. Y todo sigue adelante.

Soy delgado como el papel y existo solo a partir de la suerte, entre porcentajes, temporalmente. Eso es lo mejor y lo peor. No se puede hacer nada al respecto. Puedo sentarme aquí frente al ordenador y aprender a aceptar las cosas como son. Pero quizás eso también es un error. Porque finalmente siempre ha sido así, siempre será igual: el tiempo y el mundo, el dinero y el poder, pertenecen a los mediocres y superficiales.

Aun así, abro esta caja de pandora e intento trazar líneas para entender qué soy. Sin resignación y sin descanso, sin tragedia. Líneas con comienzos y con finales. Sentencias que son como fronteras invisibles, sin saber que todo es ilusión.

***

Entre lo que he sido y lo que seré, imposible dar cuenta de lo que estoy siendo. La equívoca visión del mundo siempre es el efecto de una causa. Soy lo que he sido y no lo que será. Estoy repleto únicamente de cosas que me han pasado a mí. Soy un ancla llena de febriles sueños. Cuando hablo, el mundo estalla. El tiempo se vuelve algo abstracto, una huella, una excusa: una fugaz llama de certezas o de planes, de improbabilidades. El momento de aludir a los recuerdos y a los sueños.

Por eso, en mi distracción, siempre pierdo de vista lo que está en medio, ocurriendo, en el instante: la fatal consciencia de que soy, esa inexistencia acaso necesaria. Porque no puedo expresar el presente como acto. Lo expreso como futuro o como hábito. Como sentencia categórica. O incluso como pasado para referirme a la historia.

Luego también están las odas gloriosas, las hermosas distopías del futuro. Pero no puedo hablar nunca del presente. Porque no se puede ver. Ni imaginar. Se escurre entre mis dedos al momento de querer enunciarlo con mis dientes.

Caigo, entonces, en la conciencia de ser extraño y solo entiendo el mundo a partir de las cosas que recuerdo, de las ilusiones que tengo. Siempre viendo hacia adelante o hacia atrás, como oscilando entre la posibilidad y el acto. Esta consciencia es simultánea: representa mi cielo y mi infierno. Todas las noches me aferro a ella. Me hace dormir tranquilo o revolcarme en pesadillas.

***

Al nacer se nos otorga una doble ciudadanía. La de los sanos y la de los enfermos. Tarde o temprano elegimos el camino que habrán de seguir nuestros pasos. Vivir atado a esta dualidad inclemente es mi fatalidad. A pesar de que intente pensar el mundo para entenderlo, liberarme de ese deseo oculto que tengo de construirme y destruirme, tener como objetivo sentirme vivo, no morirme de mediocridad, enloquecer por tanta consciencia de mí mismo.

Busco una salida a mis historias y a mis vuelos. Algo que permita acallar mis anhelos, convertirlos en cajones que no se abren, en sustancias fácilmente disolventes. Que no me ataquen con sus garras venenosas, que se alejen de los bosques de mi pensamiento.

Me aprisiono y me vuelvo «hombre-horas», «hombre-tiempo», «hombre-dios». Invento mundos que me rodean y doy nombres a las cosas que no existen. El más allá de incesantes cabalgatas con laureles.

Esa es mi cruz: una calavera que me impone y que me arrastra. Porque el lenguaje muchas veces lo que tiene de hermoso, lo tiene también de perverso. Entonces dejo de ser piel para ser sangre e invocar tiempo. Gano una carrera inútil, burocratizo mis andanzas. A pesar de que los relojes no coinciden. A pesar de que el reloj interno corra apresurado.

Pronto me percato de que lo que era el tiempo ya no es tiempo, sino otra cosa. Algo que muta como los camaleones. Yo lo llamo Dios y le digo que mame de mi corazón ardiente y agotado. Que por favor venga y me chupe el espíritu. Que me convierta en ser sin tiempo. En una salvación, en un convencimiento idiota: en un parco mendicante que se somete.

Porque: «Mire usted, soy el vendedor de muertos, si usted quiere usar la palabra *presente*, tiene que pagar diez euros».

Porque: «Mire usted, la palabra *pasado* tiene más valor».

Porque: «Mire usted, para comprar su *futuro* usted tendrá que endeudarse, vender sus alas, hipotecar su tiempo».

***

Así, hasta que la delgada línea finalmente se agota. Y ya no me queden suspiros. Ni palabras. Adviene la resignación como culmen de mi corazón ennegrecido. Pero la visión materialista prevalece a las cenizas. Como fatalidad, como sentencia: una manta negra que se traslada como plaga. Que también muta y se vuelve chamán oscuro y viejo, chamán podrido y milenario.

Gordo con monóculo que me susurra al oído la imposición de linealizar el tiempo, de acomodarlo en calendario. Para comprar la vida. Para comprar el tiempo. Para comprar la voz. Aunque eso solo sea una forma para hablar del miedo.

Entonces entiendo las falsedades de los libros: que de verdad el cambio está en nosotros. Que los sueños se construyen con esfuerzo. Que yo soy el responsable de mi felicidad. Me idiotizo con frases huecas, las dejo hilarse en un convencimiento lineal. Pronto dejo de tener miedo. Porque el miedo se matiza y las frases se vuelven fósiles de mis quehaceres cotidianos: felices oraciones que me golpean como látigos con fuerza y desdén esclavizante.

Porque: «Mire usted, para comprar la felicidad hay que esforzarse: la felicidad es tu futuro».

Y me aferro a eso: a la fatal idea de que debo fabricarme una sonrisa, armarme con ella, ponerme bajo su protección, tener algo que interponer entre el mundo y yo. Camuflar mis heridas, acometer el aprendizaje de la máscara. Me lo creo porque me dice que la vida solo tiene sentido a partir de la inconciencia y la locura colectiva. El mundo pierde gradualmente su transparencia y se oscurece. Se hace incomprensible, se precipita.

Pienso en mi huida y la llamo falsamente libertad y la llamo falsamente posibilidad y la llamo falsamente felicidad. Porque eso es: una Torre de Marfil para sonreír y distraer.

Lo hermoso que tiene el lenguaje lo tiene también de perverso. Y lo perverso siempre es ilimitable.

Por eso tengo que pagar por mi llanto, pagar por mi enojo, pagar por mis palabras. Bajo esta nueva religión en la que no creo. Que se me impone con violencia y que no entiendo. Que ante todo intenta convencerme de que el presente no es una palabra, sino que es un regalo.

Y se puede comprar.

Las multitudes que me habitan

Soy un mundo, contengo multitudes. Tantas, que a veces es difícil cargarlas todas. A estas multitudes las compadezco. Son pequeñas, torpes y tienen la extraña cualidad del ladrido.

He aprendido a quererlas y a mimarlas hasta cuando quieren llorar y no pueden. Vivo con la esperanza puesta en que sepan contar historias. Más que nada porque ninguna sabe vivir por cuenta propia: se les quema el arroz y llegan casi siempre tarde al trabajo. Pero todas se esfuerzan por hacerlo lo mejor que pueden. Ese esfuerzo es de lo poco que me queda por ahora.

Mi muerte es tan gradual que parece imperceptible.

¿Cómo he llegado hasta aquí?, ¿qué consecución de eventos me hizo llegar a este preciso lugar en el que mi realidad se ha fragmentado y todo es tan efímero y fugaz como el aire que hay afuera?

Una voz de fondo me susurra suavemente: «Mira la ventana».

***

Hoy el sol es gordo y el aire matutino tan puro que parece comestible. Por las mañanas siempre intento dar sentido a mis preguntas. Ser consciente de que un pequeño cambio puede alterar el universo.

Quizás el problema es que nunca he sabido bailar. Solo sé pensar, hilar ideas. Esto es un arma de doble filo. A veces una idea se instala en mi cabeza y no me deja en paz. Tampoco he sabido muy bien cómo empezar esto. Pero tal vez *esa* sea la única forma de empezar algo: no sabiendo. De otra forma, ¿qué hacer?

A todo esto se le llama un sistema caótico. Los animales son demasiado bondadosos para comprendernos. Pero nosotras tenemos consciencia. En eso reside toda la diferencia. Nunca he soportado ni la mala consciencia ni la mala reputación. Es más: creo que no soportaría que alguien no supiera bailar. El mundo de la imaginación siempre es más rico que el mundo real.

Y mientras esa idea exista, todo lo demás importa poco.

Inevitable es que conforme pase el tiempo vaya sintiendo menos. Pero no quiero *caer* en la desdicha de pensarme, otra vez, a través del tiempo, infatigablemente. Caer, lo que se llama de verdad *caer*. No quiero repetirme: ser una copia de mí misma me agota. Por eso intento inventarme que contengo multitudes.

¿Por qué pienso que algo de esto en realidad importa?

¿Por qué alguien pensaría que algo de esto en realidad importa?

La realidad no existe nunca fuera de nosotras.

Pensar es un privilegio de clase. Solo los ricos tienen tiempo. Solo los ricos tienen razón. Solo los ricos tienen voz. Quizás por eso nada de esto importa. Porque en alguna parte del mundo hay cosas más importantes que mi muerte.

¿No hay en toda creación una intención? ¿qué dicen de mí estas líneas? ¿cómo dibujar una línea entre lo que pasa y lo que imaginamos que pasa? ¿cómo estar seguras de que no somos una historia que nos contamos a nosotras mismas?

***

El sol estallará un día. Antes de eso la comida escaseará y el aire dejará de ser comestible. Nada importará. Ni estas líneas ni las personas que no saben bailar.

Pero si quiero empezar, tengo que empezar por el principio. Por decir que soy un mundo y que contengo multitudes. Que nada puede enfrentarse *verdaderamente* a mí espíritu. Que prefiero tomar esta decisión antes de que alguien venga y me diga que la vida tiene sentido.

Finalmente, enterrados somos todos iguales: los vivos y los muertos, los pobres y los ricos, los que bailan y los que no bailan.

Seguro hay mejores formas de hacer esto que confesando que no sé bailar o que *pensar* es un privilegio de clase. Podría contar, a modo de despedida, algo interesante, por ejemplo. Que estas son mis últimas palabras. *Esa* es una historia concreta. O quizás un cuento sobre una escritora que siguió siendo pobre, que trabajó y fue pobre y que después de trabajar y ser pobre, murió siendo pobre. Fin. Esta niña, por lo demás, nunca pudo bailar.

¿A dónde van los mundos que nunca escribimos?

***

Ahora solo soy un no sé qué que se queda balbuceando. Porque escribir *bien*, lo que se dice *escribir bien*, ya no puedo, y mis palabras serán lo que son y multitudes me abarcan siempre y no me dejarán nunca en paz.

ÍNDICE

NOTA DEL AUTOR 11

PASTILLAS Y HOSPITALES

LAS FLORES ARDIENTES 15
LO QUE NO ENTENDEMOS LAS PERSONAS NORMALES ... 24
LAS CARMELINAS DESCALZAS 38

CUENTOS UNIVERSALES

UN MERCENARIO LITERARIO 49
UN MATRIMONIO JAPONÉS 53
LOS DIOSES DEL FÚTBOL 58

FANTASMAS, MUERTOS Y MAGIA NEGRA

PANDORA 67
EL BRUJO MAYA 71
EL PAÍS DE LOS MUERTOS 77
EL DESPERTAR DEL ELEFANTE 82

HISTORIAS DEL FIN DEL MUNDO

LA CIUDAD DE ABADDŌN 89
LA ÚLTIMA RESISTENCIA 93
LA ACADEMIA CARTER 97
LA BESTIA INDEFENSA 102
EL INNOMBRABLE 107

PENSAMIENTOS DE PERSONAJES IMAGINARIOS

EL PRESENTE COMO REGALO 113
LAS MULTITUDES QUE ME HABITAN 117

Este libro se terminó de editar en Granada
en enero de 2026 por

Aliarediciones

www.aliarediciones.es

info@aliarediciones.es